熊田十兵衛の仇討ち

本懐編

池波正太郎

双葉文庫

目次

熊田十兵衛の仇討ち　本懐編

鬼火

一

永禄十一年（西暦一五六八）の秋――。

近隣の諸国を切り従えた織田信長は、足利義昭《あしかがよしあき》を奉じて入洛しようとしていた。

義昭は、足利十五代の将軍だが、それは名のみのことで、天下は、織田、毛利、武田、上杉、北条など強力な戦国大名たちのすさまじい闘争が、ようやく天下平定の目標に向って大きくしぼられてきており、それでも尚、将軍権力回復への野望を捨てぬ義昭は諸方を流浪しつつ、援護者を求めていた。

そのころ、足利義昭は、越前・福井の城主・朝倉義景の庇護《ひご》をうけていたのだが、朝倉には義昭を奉じ京都へのぼって天下に号令するだけの実力はない。

「織田信長にたよられては……」

と、すすめたのは義昭の家臣・細川藤孝である。

「うまく行こうか？」

「おまかせあれ。信長の臣・明智十兵衛光秀は、それがしと旧知の間柄でござる」

「では、たのむ」

というので、義昭主従は、朝倉家に見切りをつけ、早速、岐阜にいる織田信長へはたらきかけた。

このとき、義昭と信長との会見を取りもったのが、明智光秀である。

さて……。

天下をつかみとるためには、帝都である京を治めねばならぬ。

上洛の機をねらっていた信長は、得たりと、義昭援助に踏み切った。

足利将軍を助けて京へ乗りこむのだから、名目は立派に立つ。

義昭が後で邪魔になれば、これを追い払うことなど、信長にとっては戦さをするよりもやさしいことであった。

この上洛に際し、信長は先ず岐阜から京への一つの関門にあたる近江・甲賀の地を手中におさめんとしたが、

「信長ごときに尾が振れるか」

観音寺城にいて甲賀の地をおさめていた六角義賢《ろっかくよしかた》は、

「──将軍動座のところ、江州の通路難きにより進発すべく忠勤を抽《ぬき》んでよ」

と命じてきた信長の書状を、破り捨てた。

六角家は、近江源氏の名門・佐々木氏の宗家であり、義賢自身も足利十三代将軍・義輝から管領職に任ぜられ、義輝を助け、一時は京へ将軍を還住させたこともある。

新興勢力の織田信長のいうことなどはきけぬというわけであったが、

「古狸め──」

信長は、たちまち近江へ攻めこみ、六角義賢は到底ささえきれずに甲賀を逃げ、伊賀国へ遁走《とんそう》してしまった。

義賢は馬術の天才だったというから、老人ながら逃げ足は速かったろう。

それにしても、六角勢の抵抗は微弱なもので、得意の忍者部隊も、あまり活躍をしてはいないし、信長の手に甲賀の地がおさめられると、信長に仕える豪族もかなり多かった。

義賢の君主としての人格、もはや、この地をおさめるだけの器量をそなえてはいなかった、ということだ。

伴太郎左衛門資宗《ともたろうざえもんすけむね》が、信長に召し出されたのも、このときである。

世にいう甲賀武士の、その中でも山中、望月、池田など二十一家は、応仁以来の戦乱の世に武名をうたわれ、伴家もその一つで、主の太郎左衛門は、ときに三十二歳。配下に二十余名の〔忍び〕を抱えていた。

観音寺城へ入った信長のもとへ伺候し、夜ふけに馬を駆って下山村の居館へ帰って来た伴太郎左衛門は、

「織田家へ随臣することにしたぞ。信長公の、あの面がまえなら天下をとれよう。いまや、諸国の民百姓は戦さに飽きつくしておる。一日も早く、一時も早く天下をつかむものが出て、世をおさめ守らねばならぬ。そのためにはいかなる障害もはねのけるほどの大名でのうてはならぬのだが……おれは今日、その大名をこの目で見て来たわ」

目をかがやかせて、家人や家来たちにいった。

ここで、十三年の歳月が飛ぶ。

すなわち天正十年である。

この年、織田信長は徳川家康との連合軍をもって、武田勝頼を討滅し、安土《あづち》の居城へ凱旋をしたが、席のあたたまる間もなく、中国で毛利軍と戦っている羽柴秀吉を救援すべく、ふたたび陣ぶれを行ない、みずからは七十余名のわずかな供廻りをしたがえたのみで、京都へ入った。

京の宿所・本能寺に数日滞在をし、諸部隊の集結を待ち、中国へ出陣するつもりであった。

中国の毛利を討てば、それで天下は名実ともに信長のものとなるのである。

鎧もまとわぬ平服のまま、遊山にでも出かけるように京都へ入ったのも、信長にそれだけの余裕があったからだ。

三河の強豪・徳川家康を傘下におさめ、しかも故・信玄以来の宿敵だった武田家をほろぼしてしまったのである。

青葉の街道を、夏の陽射しを浴びて行く馬上の信長はこのとき四十九歳。武田攻めの戦陣で陽灼けした逞しい顔貌が満面に笑みをふくみ、上機嫌であった。

伴太郎左衛門も、この行列に加わっていた。

太郎左衛門も四十五歳の男ざかりになっており、安土から京への道すじには、彼の手配によって、水も洩らさぬ警戒網が敷かれてあった。

近頃の信長は、こうしたことに無関心であって、

(いまのおれを討つものなぞ、あるべき筈がない)

と、思っている。

だが、太郎左衛門にしてみれば、この十三年間、自分の手で行なってきた役目を、このときだけ放棄するいわれはない。

戦闘については、信長同様、少しもおそれぬ太郎左衛門だが、暗殺者はおそろしい。

忍びの活動について熟知しつくしている太郎左衛門だけに、

(すぐれた一人の忍びがいたら……それで上様の御命は絶たれよう)

との緊張は消ゆるべくもない。

太郎左衛門配下の忍びたちは、信長が安土を発つ前に街道すじへ散って行き、油断なく、見張りを行なった。

五月二十九日に、信長の行列は無事に京へ入った。

太郎左衛門の杞憂《きゆう》など馬鹿らしいようなものであって、

「太郎左。苦労であったな」

到着の夜、信長は太郎左衛門をよび、盃をとらせつつ、にこにこと、

「これからは、そちも心をゆるめ、茶の湯なぞもおぼえたがよい」

と、いった。

二

六月一日の織田信長は、朝から多忙であった。

ほとんど〔天下人《てんかびと》〕といってよい信長の力で、京都も、しごく平穏な明け暮れを送り迎えるようになった。

朝廷に対しても信長は細心な配慮をつくしているし、正親町《おおぎまち》天皇の信任もあつい。

ために、この日も朝から公家《くげ》たちの訪問が絶えない上に、信長は本能寺の書院で大茶会をもよおしたのである。

信長の茶の湯へ対する執着は強いものだし、美的感覚も一流のものであったから秘蔵の名物茶器も多い。

これらの茶道具を披露する意味もふくめての茶会であった。

出陣の途次に、こんなことをして行こうというのだから、信長も悠々たるものである。

いま、羽柴秀吉は備中国・高松の城を包囲しているのだが、毛利輝元の大軍が高松城を救援すべくやって来たので、急使を安土へやり信長の来援を願い出たものだ。

「さるが音《ね》を上げおった。よし、こうなれば、おれが出て行って、毛利をもみつぶしてくりょう」

すでに、京の妙覚寺には信長の嫡子・信忠が手勢をひきいて入っているし、細川、筒井、池田、中川などの諸将も追々集結をしよう。

明智光秀も亀山の居城を今日明日中に発し、これは信長より先に中国へ乗り込むことになっている。

わざわざ、安土から運びこんだ茶道具三十八種の披露と茶会が、にぎやかにおこなわれた。

四十余人の堂上公家をはじめ、鳥井宗室などの茶人、富商、僧侶などが本能寺へあつまり、信長の、甲斐での戦勝と中国出陣を祝った。

嫡子の信忠が宿所へ帰った後、夜半すぎに信長は寝所へ入った。

そして、二日の夜明けも間近いというころ、突如、本能寺は明智光秀の襲撃をうけた。

思いもかけなかったことである。

伴太郎左衛門は、信長の寝所から三つ目の部屋に眠っていたが、

(や……?)

むし暑くたれこめている払暁《あかつき》の闇が怪しくゆれうごくのを本能的に感じて目ざめた。

あたりは、森閑としずまり返っている。

同じ部屋に眠っている信長の近習・薄田余五郎《すすきだよごろう》、落合六郎の健康そうな寝息が室内をみたしていた。

(気の故であろうか……)

と思ったが、太郎左衛門は太刀をつかんで表御殿前の庭へ出た。

夏の朝だが、まだ暗い。

庭先に立って見て、太郎左衛門は、

(闇が押して来る……)

と、感じた。

寺の門のあたりで、けたたましい叫び声が起ったのは、このときであった。

「出合いめされい‼」

太郎左衛門は広縁へ躍り上り、近習たちが寝ている部屋部屋へ、

「異変でござる、出合え、出合え‼」

怒鳴りつづけた。

薄田余五郎が真先に廊下へあらわれた。

「余五郎殿。上様に早う……」

「何事でござる?」

「異変じゃ」

激しく寺の門を叩き破る槌の音が叫び声にまじり合い、おめき声や悲鳴さえも

きこえはじめた。

いっせいに、近習たちも起きて来た。

鉄砲の音がおこり、同時に鬨《とき》の声があがった。

その鬨の声は本能寺のまわりへ波及しつつ、急激にすさまじい響《どよ》みとなって寺内へ流れこんで来た。

「明智光秀の謀叛《むほん》——」

と知れたときには、広縁に出ていた織田信長も、

「あやつが……」

つぶやいたきり、しばらくは茫然となったほどで、伴太郎左衛門にしても、このことは夢にも思わなかったことである。

(おれとしたことが……)

太郎左衛門は歯がみをした。

甲賀の伴家の頭領でもある太郎左衛門の役目は、信長をこうした襲撃から未然に守るためのものだった筈だ。

「よきように、そちが計らいくれい」

と、全面的に信長からまかせられたかたちであったが、太郎左衛門としては、この十余年の歳月をかけて周到な手配をめぐらしていた。

たとえば――。

信長の、もっとも忠実な家臣である羽柴秀吉のもとにも、太郎左衛門配下の忍びが入りこんでいる。柴田勝家にも、細川忠興にも、筒井順慶にも、太郎左衛門の目は油断なく光っていた。

だから、明智家にも、むろん手はまわしてあった。

松尾九十郎という男がそれである。

九十郎は六年も前から明智家に入り、戦功をたてるたびに光秀からもみとめられ、たしか、いまは光秀の傍近くつかえている筈であった。

むろん、九十郎が甲賀の忍び、とは知れていない。

知っているのは伴太郎左衛門一人である。

九十郎は旧尼子《あまこ》の残党――それも身分の低い者というふれこみで、わざわざ遠くへ手をまわし、京の妙心寺内の塔頭《たっちゅう》・退蔵院《たいぞういん》の僧で通玄《つうげん》というものの紹介により、明智家へつかえさせた。

この通玄という僧が、太郎左衛門の息がかかった甲賀忍びであることはいうまでもない。

通玄は、太郎左衛門の父の代から退蔵院の僧になりすましている、というよりも、正式の修行をした僧なのである。

二十数年もの間、通玄は、妙心寺を通じて得た種々の情報を甲賀へ送ってきていた。

〔忍び〕の活動とは、およそこうした忍耐の上につちかわれたものが本来のものなのである。

退蔵院の僧からの口ききなので、光秀は、いささかもうたがいをいれず、九十郎を召し抱えたのだ。

さて、本能寺へ戻る。

乱入する明智勢と、寺内の建物を利して闘う信長の手勢、といってもそれが百名にみたぬそれでは、どうしようもなかった。

信長は、みずから広縁へ出て弓を引きしぼった。

「上様。申しわけの仕様もござりませぬ」

伴太郎左衛門が槍をつかみ、傍へ馳《は》せよって頭をたれると、

「よいわ」

弓鳴りの音の間に、信長がうすく笑って、

「これまでのことよ」

と、いう。すばらしいほどのいさぎよさである。

「おそれ入り……」

「太郎左」

「は――」

「女どもを逃がせい。光秀も手はつけまい。その後に、火をかけい」

叫ぶや、信長は弓を捨て、小姓・高橋虎松が差し出した十文字の鎌槍をつかみ、

「早くせよ」

と、命じた。

太郎左衛門は表御殿へ馳せ入り、出来るだけのことをした。

殿舎に火があがると、信長は、さっさと中へ入り、奥の一室へ消えた。

炎と煙の中で、伴太郎左衛門は、信長の入った一室のもっとも近くにいて、近づく敵を突き殪《たお》した。

（九十郎め、何をしていたのか……汝《われ》は何のために明智へ入っていたのだ。甲賀忍びの名折れではないか……）

無念であった。

むろん、松尾九十郎にして何とも出来なかった事情は、あったのだろうが、ほんのわずか前に——それは一椀の飯を食い終るだけの時間でもよい。明智の襲撃が耳へ入っていたなら、太郎左衛門は信長を落すことが出来たろう。

やがて、伴太郎左衛門の鬼神のような奮戦もやんだ。

織田信長は炎の中に腹を切って果てたが、その首は終《つい》に見当たらず、明智光秀を焦慮させた。

光秀としては、信長の首を白日にさらし〔天下の交代〕を世に判然とさせたかったことであろうが、信長は、そのような恥をうける男ではない。

二日の朝——。

織田信忠は父の悲報をきくや、二条御所へ入り、果敢な抵抗の後に、これも殿舎の火の中で自殺をとげた。

このころ——。

松尾九十郎は、中国へ向けて馬を飛ばしていた。

九十郎も太郎左衛門同様に無念であった。

九十郎にしても、まさか……と思っていたし、何しろ光秀が主・信長を討つという謀叛の決意を打ちあけたのは、本能寺襲撃の前夜なのである。

すなわち六月一日の夜に入ってから、明智光秀は中国攻めの軍列を従え、丹波・亀山の居城を発した。

ところが、老《おい》の坂を下り、桂川をわたると、光秀は全軍を休ませ、重臣たちをまねき、ここで、はじめて京へ攻め入る決意をもらした。

このとき、松尾九十郎も軍列の中にあったが、他の将兵同様に、まだ光秀が、そのようなことを考えているなどとは知るべくもない。

羽柴秀吉同様に——いや秀吉よりも、もっと従順で、忠実な家臣として光秀は、信長につかえていた。

光秀の重臣たちですら、そう思っていたのである。

京の町へ入るまで、

（本能寺の上様と合流なさるのだろう）

と、九十郎は思っていた。

甲賀忍びにあるまじき不覚であるが、しかし、それほど、光秀の謀叛はどう考えてみてもそれとわからぬ性質のものだった。

だからこそ、成功したのである。

だからこそ、信長も太郎左衛門も、これを未然にふせぐことは出来なかったのである。

その間際まで〔決意〕は、光秀ひとりの胸にたたみこまれていた、といってよい。

京の町へ入るや、

「松尾九十郎と、坂巻伝蔵をよべ」

と、光秀が命じた。

二人が光秀の馬側へ駈け寄ると、

「これより、両人とも、わしが傍を離れてはならぬ」

光秀が、きびしくいった。

同時に、軍列は速度を早め、本能寺襲撃が全軍につたえられた。

（しまった……）

九十郎は愕然とした。

（明智家に忍びがいても無駄だ）

と思いもし、

（頭領様＝太郎左衛門＝は、もっと、はなばなしいはたらきの場を、おれにあたえてくれてもよいのに……）

忍びとしての不満を抱いたこともある。

奔放無比な、人づかいの荒い織田信長にどこまでもつつましやかに仕え、誠実に役目を果してきた光秀であった。

だから、いまの松尾九十郎は、ときに自分が甲賀忍びだということを忘れかけることがあったほどだ。

光秀は家来たちを大切にする。

九十郎も、

（こんな殿さまなら一生おつかえ申してもよいな）

と思い、いつしか光秀の家来に成り切ってしまっていたのだ。

（しまった——）と知り（何とか、本能寺へ知らせなくては——）とあせったが、無駄である。

光秀の前後左右は、びっしりと武装の侍臣が囲んでいて、姿をくらますことなど思いもよらない。九十郎は坂巻伝蔵と共に、この囲みの中にあって走りつづけねばならなかったのだ。

あっという間もなく、本能寺へついた。

本能寺が炎をふき上げると同時に、光秀は一通の密書を坂巻伝蔵に渡し、

「毛利へ行け」

と命じた。

「大事の役目である。毛利方へ——」

光秀は面をひきつらせ、伝蔵へ必死の眼ざしを投げた。

三

本能寺の戦闘たけなわとなるや、

「ええ、もうこのままじっとしてはおられませぬ。ごめん!!」

機をねらっていた松尾九十郎は槍をつかんで光秀の傍を離れようとした。

「待て、そちは……」

光秀は、あわてて九十郎をとめようとした。

おそらく九十郎も、どこかへ密使としてつかうつもりでいたのだろうが、

「ごめん下され、ごめん――」

わめきつつ、九十郎は矢のように走り出し、本能寺内へ駈け入った。いかにも明智の家来としての、闘志を押えかねたという様子が誰の目にも見てとれた。

だが、一度、寺内へ入った九十郎は混戦の中をくぐり、ふたたび外へ出た。

そのとき九十郎は、もう馬に乗っていた。

本能寺の馬小屋から飛び出して来た一頭を、うまくつかまえることが出来たのだ。

「それ——」

本能寺東面を囲む明智勢の中を、

「ごめん、ごめん——」

わめきつつ駈け抜け、九十郎はたちまち京を離れた。

（こうなれば……）

と、九十郎は決意をしていた。

襲撃はすでにおこなわれたのである。いまさらに寺内へ飛びこみ、頭領・伴太郎左衛門と共に斬死をするよりも、

（毛利へ駈け向った坂巻伝蔵の密書を奪いとってくれよう）

このことであった。

この密書が毛利家へとどけば、信長の死を知った毛利軍は勇気百倍し、秀吉は、いよいよ窮地に立つことになる。

こうなれば、光秀の思う壺であった。

やがては、秀吉は毛利の大軍に圧迫されて破れるだろうし、その間に、諸方の大名たちを屈服させた光秀が、毛利と手をむすび天下をとる。

政治的な準備をまったくととのえていない急激な謀叛、襲撃であったから、すべては天下さまの信長の首を討ってから、迅速に手を打たねばならない。

坂巻伝蔵へ託した密書に、光秀は祈りをこめていたのだ。


京から備前岡山まで、約五十里。

岡山の西方約三里の地点にある高松城には毛利方の武将・清水宗治《しみずむねはる》が立てこもり、この春から秀吉軍の攻囲を受けている。

秀吉は出血を好まず、城の西北から東南にかけて一里余に及ぶ堤を築き、この中へ足守川の水を堰《せ》き入れ、城を水攻めにした。

以来、一カ月を経て、城中の糧食も尽きたし、開城の一歩前というところまで追いこまれている。

しかし、毛利軍も、ひたひたと秀吉の背後に迫っており、秀吉は防備をかため、前面の城と背後の敵軍とに対し一歩も退かぬ。どちらにしても、高松城の命運は、この二、三日がヤマであったといえよう。

坂巻伝蔵は、京を発し翌三日の夕暮れ近いころに、岡山の北から東を流れる旭川の上流へ達した。

すでに、乗馬は捨てている。

岡山は宇喜多秀家の居城があり、宇喜多家も秀吉軍と共に毛利征伐、中国平定の第一線となっているのだから、伝蔵も迂闊《うかつ》には近寄れなかった。

伝蔵は夜に入る前、岡山の北二里ほどのところにある下牧《しもまき》付近の木立の中から、旭川をわたろうとした。

ときに伝蔵は四十歳。父の代から明智家へつかえてきた伊賀の忍びで、光秀の信頼もふかい。

背丈は低いが巌《いわお》のようにがっしりとした体軀を、そろそろと川水へひたしつつ、伝蔵は密書を取り出し、これを口にくわえた。

あたりに、まったく人影はない。

川の音と、美しい蜩《ひぐらし》の合唱が、野を森をみたしていた。

薄暮である。

(何としても今夜のうちに……)

伝蔵も必死であった。

夜の闇は伝蔵を隠しもするが、また敵をも隠す。油断はならなかった。

さいわい、これから岡山のあたりにかけては伝蔵もよく地理をわきまえている。

しずかに、伝蔵は川を泳ぎわたった。

対岸には山肌が迫っており、ふかい草むらが川辺に落ちこんでいた。

(よし——)

伝蔵が、岸辺の草へ這い上って、口にくわえた密書を左手にとった。その瞬間であった。

「む‼」

草むらから、怪鳥《けちょう》のように飛び立った人影が一つ、いきなり、伝蔵へ斬りつけて来た。

「あ……」

身をかわすひまもなく、伝蔵は本能的に密書をつかんだ左腕を引きこめつつ、辛うじて横倒しに逃れようとしたが、

「やあ——」

なぐりつけるように払った相手の二の太刀に、

「ぎゃっ……」

伝蔵の左腕が肘のあたりから密書をつかんだまま切断された。

「おのれ……」

旭川へ落ちこみかけた伝蔵の張り裂けんばかりに見開かれた両眼は、はっきりと曲者《くせもの》の顔を夕闇の中にとらえた。

「おのれは、九十郎……」

その叫びが、伝蔵の最後のものであった。

さらに一太刀を浴び、坂巻伝蔵は飛沫をあげて川へ落ちこんで行った。

松尾九十郎は、伝蔵同様に武装を解き、髪も無造作にゆい直し、一見、土民風の姿に変っている。

川へ落ち、かなり早い流れに押し流され、見る見る夕闇の中へ溶けこんでしまった伝蔵を見送り、

「伊賀者め、とうとうきさまは、おれの本体を見破れなかったようだな」

嘲笑をもらした。

九十郎は甲賀の忍びとして伊賀忍びに打ち勝つことの出来た十余年をふり返ってみて、満足であった。

明智家に潜入していて、どれほど、坂巻伝蔵のするどい目をおそれたか知れない。

その苦心、その忍耐が、いま実ったのだ。

京から追いかけ、そして追いぬき、この川岸に待伏せ、見事、密書を奪った。

(だが……)

九十郎は、また、うなだれた。

肝心な一大事を未然に防ぎ得なかった失態は、まさに甲賀忍者として頭領にも、また甲賀の地へも顔向けがならぬ恥辱である。

だが、いつまでも頭をたれているわけには行かなかった。

死を決した松尾九十郎は、血まみれになって落ちている伝蔵の左手から密書をつかみとり、疾風のように川辺の小道を駈けはじめた。

九十郎が、蛙《かえる》ノ鼻にある羽柴秀吉の本陣へ連行されたのは、この日の夜ふけである。

九十郎は、ありのままを打ちあけ、密書を差出し、

「あまりの意外さに機を失い、右府様（信長）の御危難に間に合わず、まことにもって……」

ひれ伏して、泣き出した。

人払いをした秀吉は、だまって密書を読み、ややあって、

「九十郎とやら、正直に、よう申したてた。すぎたることは問うまい。よし、よし。この密書を奪った手柄にめんじ、見て見ぬふりをしてつかわそう」

「ま、まことのことで……⁉」

「そちは、どこまでも明智の密使。わが手に捕えられ密書を奪われた名も無き者じゃ、よいな」

「は――」

意外であった。

打首にされても、異存はないつもりだったのである。

「消えろ、九十郎」

秀吉の声と共に、どさりと重い革袋《かわぶくろ》が九十郎の前へ投げ出された。

「その金銭《かね》で何とか生きよ」

涙あふるるままに九十郎が見上げると、秀吉の顔は、得体の知れぬ興奮と異常な決意に照りかがやき、瘦せた小さな、武将には似つかわしくない体軀が六尺にも見えた。

秀吉は、ただちに清水宗治と講和すべく、全力をつくした。

信長の死は、味方の兵たちにも知らされず、たくみに事は運ばれた。

高松城でも、城主の清水宗治が、

「おれが腹切る代りに城兵一同を助命してくれれば……」

と思いつめていたし、目の前まで救援に来ている毛利軍も、まるで高松城を人質にとられているようなものであるし、織田信長みずからが大軍をひきいてやって来るというので、

「餓死をさせるよりも……」

と、毛利輝元も講和に踏み切った。

翌四日の朝——。

清水宗治は城を出て父の月清、重臣の末近某と共に切腹をし、城は明け渡され

た。

講和成るや、一日おいた六日に羽柴秀吉は陣を払い、姫路の居城へ引返してしまった。

本能寺の異変が毛利方へとどいたのは翌七日の夕刻であった。

それと知っていたなら講和などする筈もない毛利輝元は、さぞ口惜しがったことであろう。

以後——明智光秀を山崎の戦役に破ってからの秀吉については、くだくだと語るにも及ぶまい。

九年後の天正十八年に、小田原の北条氏を下した秀吉は、ここに信長が夢見ていた文字通りの天下平定を成しとげた。

四

松尾九十郎は、六十二歳になっていた。

あの夜、彼が秀吉から金袋をもらい、忽然《こつぜん》と夜の闇に消えてから三十年の歳月を経ている。

京の五条・寺町で〔銭屋〕の主人としておさまっている九十郎に、昔日のおもかげは、全くない。

しなやかで強靭《きょうじん》だった体軀には、でっぷりと肉がつき、頰も瞼も顎も、だらしのない肉のたるみで浮腫《むく》んだように見える。

毛髪も脱落し、白いまげが申しわけほど頭についていた。

貨幣の流通は、いよいよさかんになっているし、大きな町へ行けば各種銭貨の両替や交換を業《なりわ》いとする店が必ずあって、これを〔銭屋〕とよぶ。

九十郎の店は、京の〔銭屋〕の中でも大きく、奉公人も十人ほどいるし、金貸しもやっている。京近在の百姓から借金の代償に奪いとった土地や山林もかなりなものだという評判であった。

九十郎は、名を四兵衛《しへえ》と変えていた。

京へ住むようになってから十年ほどになるが、それまでの彼が、どうして生きて来たか……。

「わしはなあ、おふく。そりゃもう、五十をこえても尚、女房ひとり持たずに諸国を経めぐり、ずいぶんと苦労をしたものじゃが……」

三年前にもらった若い妻のおふくに、これほどのことは洩らしても、後は、くわしく語ろうとはせず、

「じゃが、そのおかげで、お前の……若いお前の、このようにみずみずしい肌身を抱くことが出来た。あと十年も二十年も、わしは生きて、この世をたのしまねばなあ」

六十の老人だが、昼も夜もおふくをひき寄せて離さない。おふくは、洛西・水尾の村の農家のむすめであったのを、九十郎が金をつんでもらいうけたものだ。

何と、子も一人生まれた。

子を生むと、おふくの肉体は、尚更に九十郎を狂喜させるものに変ったらしく、

「お前を抱いていると、お前の肌のあぶらが、わしの肌に沁み通って来るような気がするぞ」

と、有頂天であった。

このころの九十郎は、あまりあくどい儲け方をしないようになり、若い妻と幼い子への溺愛に一日一日を送り迎え、

「いまが、わしの春じゃ」

と、奉公人の前でも放言してはばからない。

すでに、豊臣秀吉は歿し、天下は徳川家康のものとなった……と見てよい。

秀吉の遺子・秀頼は大坂城にあって、尚、豊臣の残存勢力に守られてはいるが、関ケ原合戦で西軍を破ってからの家康は、だれの目にも〔天下さま〕に映っている。

だが、いまの九十郎には、そのような天下のうごきを気にかける余裕はない。

甲賀へも帰れず、忍びとして生きることも出来ず、そのすべてを忘れようとして、九十郎は永い放浪の後に、ようやく今日の幸福を得ることが出来た。

老いた彼の余生は、体力は、そのすべてをあげて妻と子に向けられている。

その年――慶長十七年の春。

九十郎は大坂の同業者との談合があり、大坂へ出かけたが、三日後に、淀川を船で伏見まで来て、そこに馬をひいて待ちうけていた下男の小平に迎えられた。

「さ、早ういこう」

大坂まで供をして行った与惣《よそう》という店の者を従え、小平が手綱をとる馬にゆら

れながら、

「早う、早う……」

と、九十郎は急《せ》きたてた。

夜船で着いたのだから、朝もまだ早かった。

伏見から京の店までは約三里。九十郎はおふくの愛らしい唇《くち》を吸うことばかり考え、

「馬を急がせてもかまわぬぞや。もっと早う、早う」

いいつづけるのを、小平と与惣が顔を見合わせて笑った。その笑いが好意的なのは、九十郎が奉公人に評判がよいことを物語っている。

やがて、日がのぼった。

すがすがしい朝の陽射しにみたされた街道には、たまに、ちらほらと農家の人が往来するのみで、小鳥のさえずりが、のどかに快く九十郎の耳へ流れ入ってきた。

竹田をすぎれば鴨川である。街道の両側に密生する竹藪の向うに川の岸辺が見えはじめた。

このとき、街道の向うから騎馬の武士が三人、いずれも編笠をかぶり、ゆったりとこちらへやって来るのが見えた。

(おふくよ、いますぐに、お前の唇を吸うてやるぞ)

にたにたと独り笑いをしながら、九十郎は近づく三人の武士を気にもとめなかった。

ただ、すれ違うとき、小平たちが馬を道へ片よせ、武士たちへ目礼したのに、いまは町人の九十郎もならった。

そのとき、

「それ――」

叫ぶや、馬をあおって九十郎たちを取り囲んだ三人の武士が、馬上から白刃をふるい、小平と与惣へ斬りつけた。

「わあ……」

悲鳴も一瞬のことである。

血しぶきをあげ、頭を割りつけられた小平と与惣は棒を倒すように街道へころがった。

「な、何をなさる……」

三十年前の九十郎なら、馬上から身を躍らせ、苦もなく地上に立って反撃も出来たろうが、

「あ、ああっ……」

肥軀が落ちぬように馬の首へしがみつくのが精いっぱいであった。

馬を寄せて来た曲者の一人が、いきなり九十郎の襟をつかみ、引起すや、拳《こぶし》で胃のあたりをなぐりつけた。

九十郎は気絶した。

後は、もうわからない。

気がつくと、下着ひとつになった躰の両手両足をしばられ、猿轡《さるぐつわ》をかまされており、柱へくくりつけられた九十郎は身動きもならず、暗い物置小屋のような土間にいた。

戸の隙間から、細い線となって戸外の光が見えたが、中は暗かった。

「うごくなや……」

背後の、土間の一隅から、しわがれた、うめくような声がした。

「うごくと、苦しいぞよ」

姿は見えない。

(お前は、だれだ⁉)

問おうとしても口がきけない。

おそらく見張りの者に違いないのだろうが、それも老人らしい。

(だれだ……だれが、わしを……)

惑乱《わくらん》の中で、九十郎は、懸命に考えてみようとした。

「案ずるなや」

と、背後の声がいった。

「おぬしは盗賊にさらわれたのじゃわえ」

(え……⁉)

「身代《みのしろ》の金銀と引き替えに、帰してやると御頭《おかしら》さまが申されてじゃよ」

(そうか……そうであったのか……)

「じゃから、さわぐな。何もきかず、何も見ず眠っていろ。そうすれば……無事に帰れるじゃろう」

五

次の夜――。

〔銭屋〕四兵衛の女房おふくは、奉公人の五助にまもられ、金銀を入れた木箱と共に、洛北・市原の里へ到着した。

その日の朝、まぎれもない四兵衛自筆の手紙が〔銭屋〕へとどけられ、

「……何事も、この手紙を持参したお人のいう通りにしてくだされ。帰ってから、よう話してきかせるが、ともかくも、このことは他人にもらさず、おぬしひとりで事をはかろうてくれ……」

と、記してある。

手紙をとどけたものは眼のするどい中年男で、どこか近在の百姓のような風体をしており、おふくと二人きりになると、これこれの金銀を持って市原の某所へ来るように、といった。

おふくは思いなやんだ。

そもそも、昨日の朝、伏見まで四兵衛を迎えに出た下男の小平も店へ戻っては

いない。

それで昨夜になって、おふくは大坂へ四兵衛の安否をたずねに人をやりもした。

そこへ、四兵衛の手紙が来た。

間違いなく夫の筆蹟なのをたしかめ、おふくは、ほっとした。

使いの男は、

「所司代《しょしだい》（役所）なぞへとどけると、四兵衛さまのお命が危ういかと存じます。何事も、このお指図の通りになされませ」

ていねいにいい、そのまま、おふくの傍を離れようともしなかった。

おふくはその男のゆるしを得、奉公人の中で、もっとも四兵衛に信頼されている五助をよび、金銀を箱へつめることを命じた。

何といっても、四兵衛の手紙は本物なのである。

おふくも、五助も、使いの男のいうままに行動するより仕方がなかった。

金銀の入った箱を背にした馬と、おふくと五助、そのうしろから使いの男がついて、三人が市原の里へ入ったとき、すでに夕闇は濃かった。

このあたりは鞍馬や貴船の入口にあたり、山間《やまあい》の里は森や原野がひろがってお
り、物さびたところである。

ここまで書けば、後は知れていよう。

五助は使いの男に惨殺され、おふくは金銀と共に、森の奥にある小屋へ連れ込
まれた。

その夜のうちに、七人ほどの盗賊団は、市原の里を出発した。

馬に乗った賊の首領は編笠の中から、小屋の前で見送っている一人の老人にい
った。

「では、先へ行くが……きさまも用がすんだら早う後を追いかけて来い。これか
らは当分、若狭にいるつもりだ」

「へえ、へえ……」

「おれを捨てるなよ。きさまのような知恵者が、おれには必要なのだからな」

するど、老人が闇の中で哀しげに笑い、

「いまとなっては、この老いぼれがどこへ行く手段《てだて》もござらぬ」

と、いった。

七人の盗賊たちは駿馬で去った。

残った老盗賊は、そっと小屋の戸をひらき、中を見た。

中はかなりひろい。

炉の火が、ちろちろと燃えており、その向うに、おふくが全裸のまま横たわっていた。

彼女の躰が、どのような目にあったかはいうまでもない。

七人の荒くれ男の凌辱《りょうじょく》にまかせた後、おふくは気を失っていた。

それからしばらくして、老盗賊は、少し離れた林の中にある別の小屋へ入って行った。

銭屋四兵衛……いや、九十郎は、もう飢えと寒さに耐えかね、狂人になりかけていた。

春とはいえ、山間の夜の冷気はするどい。その上、昨日から飯粒一つ呑みこんでいないのだ。

「おい……」

老人の声と共に、うまそうな匂いが、暗い小屋の中へ流れこんできた。

「猪《しし》の肉じゃが、食べるか？」

九十郎は、もう夢中で何度もうなずいた。

しかも猪の肉は、甲賀にいた少年のころからの大好物なのである。

老人の手が、湯気をたてている鍋を九十郎の前へ置き、猿轡を外し、両手だけを自由にしてくれた。

「ああ……うう……」

けだもののような唸り声をあげ、九十郎は鍋の中のものへかぶりついた。

「どうじゃ、うまいか？」

「うまい、うまい……」

胴と足をしばりつけられながら食べる苦しさも感ぜず、九十郎は野菜と肉の煮えたのをほお張りつつ、

「いつ、わしは帰してもらえるのだ？　身代金はとどいたのか？」

返事はない。

油断なく見張っていた老人は、食べ終えた九十郎の両手を、また柱へくくりつ

けた。

「お、おい……わしを、いつ……」

「だまれ」

また猿轡をかまされた。

老人は出て行き、すぐに戻った。

老人は、右手に松明《たいまつ》を持ち、左の小脇に何やら抱えていた。

松明の灯で、九十郎は老人の顔を見、姿を見た。

老人の左腕は無かった。

「まだ、わからぬらしいの」

にやりといい、老人が肘《ひじ》から先は無い左腕の小脇に抱えていた女の着物を、九十郎の前へ放り出した。

まさに、女房・おふくの衣裳ではないか。

「う、うう……」

九十郎は、必死に身をもがいた。

老盗賊は松明の火を、おのれの顔へ突きつけ、

「おい、松尾九十郎」

と、いった。

九十郎が目をみはった。

「互いに老いぼれてしもうたので、見忘れるのも無理はないが……」

「う、うう……」

やっと、わかった。坂巻伝蔵の老残の姿が、顔が目の前で無気味に笑いこけているのである。

「おれも、そろそろ七十になるが、おぬしよりは、まだ躰もうごく、頭もはたらくわえ」

「う、うう……」

猿轡の中でうめき、九十郎はもがきつづける。

「三十年も、おぬしを……いや汝《われ》を探しまわり、ついに見つけることがかなわず、野盗の一味にまで成り下って、わしも、すでにあきらめていたところ、汝めが、網にかかった。この小屋へ連れ込まれた汝を見たとき、わしはもう、何というてよいか……」

語りつつ、坂巻伝蔵の顔からは笑いが消えた。

恨みをこめた白い眼で、まばたきもせず喰い入るように九十郎を見つめて、

「野盗の頭は、汝の始末を、このわしにまかせたのじゃぞ」

「う、ああ……」

「わめけ、泣け」

九十郎は、ぼろぼろと涙を流し、懸命に哀願の表情をつくって見せる。

「ようきけよ」

伝蔵が、すさまじい声で、

「いま、汝が食うた鍋の肉は、汝の女房の躰じゃ」

九十郎の目が凍りついたようになった。

「猪の肉の中へ、わしが切り刻《きざ》んで入れた汝の女房の左腕の肉じゃ」

いいつつ、伝蔵は左肩を寄せ、

「あのときのこと、よもや忘れはすまい。汝を責め殺す前に、女房の肉を食わせてやったのも慈悲じゃと思え」

ぴくん……と、九十郎の躰がうごいた。

それきりであった。

それきりで、九十郎はショック死をしてしまったのである。

老いた銭屋四兵衛としては、当然のことであったかも知れぬ。

「チェ……」

九十郎の死を見とどけると、坂巻伝蔵はいまいましげに舌打ちを鳴らし、

「もろい奴め。もっと苦しみ死をさせてやりたかったのにのう……」

つぶやくと、とぼとぼ小屋の外へ出て行った。

馬がいた。

馬へ乗り、夜の闇の中へ溶けて行きながら、伝蔵は小屋の中へ言った。

「汝が食うたのは、正真正銘の猪の肉だけじゃ。女房どのは別の小屋に、まだ眠ってござる。ふん、ふふん……甲賀の忍びともあろうものが、何という態《ざま》じゃ。おろかものめ、おろかものめ、おろかものめ……」

語尾が、むしろ泣くように消えた。

市原の闇の野に風が鳴っていた。

首

一

甲賀忍びの岩根小五郎《いわねこごろう》が、そのことをきいたのは、慶長四年（一五九九）初夏の或る日のことだ。

「光秀が生きていたぞよ」

と、小五郎にささやいたのは、同じ甲賀忍びで〔夜張《よば》り〕の助七《すけしち》という男である。

「ばかをいえ」

と、小五郎は気にもせず、

「そのようなことが、あろう筈がない」

いい切ったが、助七は、

「それならそれでよいわさ。じゃが、生きていたのを、わしは見た。たしかに見たぞよ」

確信にみちた声で、いい返した。

助七は、甲賀五十三家といわれる忍びの頭領の中でも勢力が大きい山中大和守俊房《としふさ》につかえる下忍だが、このとき五十四歳。甲賀忍者の中でも指折りの錬達をほこっている。

岩根小五郎も助七におとらぬ忍びであった。

年齢も四十をこえたばかりで、忍者としては、もっとも脂《あぶら》の乗りきったところである。

彼も助七などと共に、以前は、山中俊房の指揮の下にはたらいて来たのだが、十年ほど前から山中家をはなれた。

ということは、団結のつよい甲賀忍びとは別箇に、単身で活動しはじめたということになる。

いま、小五郎と助七が立話をしているところは、近江・八日市の町を出外れた街道沿いの森の中であった。

少し前に、馬を駆って八日市から北へ向う岩根小五郎を、森から出て来た〔夜張り〕の助七が、

「小五郎どのではないかや。久しぶりじゃな」

と、声をかけた。

そして、

「光秀が生きていたぞよ」

になったのである。

光秀とは、明智光秀のことだ。

織田信長という不世出の英雄を討ったことによって、光秀が歴史に印した足跡は強烈なものとなった。

周知のごとく……。

光秀は、わずか十日ほどの間、天下人《てんかびと》の栄光をのぞみ、その最短距離に立ったのみで、羽柴（豊臣）秀吉に破れた。

光秀は——天正十年六月二日の未明に、京都・本能寺へ泊っていた信長を討ったのはよいが、はやくも十三日には敗軍の将となり、わずか六名の家臣を従えたのみで必死の逃亡を敢行した。

十三日の、まだ梅雨もあけきらぬ暗夜、光秀と近臣たちは、山崎の北東にある勝竜寺城をぬけ出し、秀吉軍の包囲をくぐりつつ、伏見・大亀谷から山越えをして小栗栖《おぐるす》へ出た。

これから大津へ出、さらに近江・坂本の居城へ逃げるつもりだったのである。

だが、ここで、光秀は死んだ。

小栗栖の竹林の中で、土民の槍にかかって腹を突刺され、

「もはや、いかぬ」

光秀は、家臣の溝尾勝兵衛茂朝《みぞおかつびょうえしげとも》に介錯《かいしゃく》をさせ、溝尾は主人の首を鞍覆につつみ、竹林の土中に隠して坂本へ逃げた、と、いうことになっている。

けれども、甲賀忍びの小五郎にいわせれば、

(あのとき、光秀を槍で突いたのは、このおれだ)

なのであった。

小五郎は、そのとき、二十五歳。まだ山中俊房の配下にあった。中国から引返して来る羽柴秀吉の急使を受けた山中俊房の命により、小五郎や助七をはじめ、二十七名の甲賀忍びが秀吉のためにはたらいたものである。

小五郎は〔戦さ忍び〕として戦場に活動し、勝竜寺城を脱出する明智光秀をと

らえ、これを単身で追跡した。

味方に知らせることは容易であったが、

（よし。おれがやる‼）若い小五郎は、独りで光秀の首を討つ決意であった。

〔戦さ忍び〕が敵将の首を討っても公表されない。あくまでも、その手柄は秘密のものとしておかねばならぬ。けれども、それは忍びの誇りであり、忍び同士の中での名誉でもある。

そして、ついに小五郎は光秀を手槍で突き、馬上から落とし、首を掻こうとしたが、光秀の家臣たちの猛烈な抵抗に阻《はば》まれた。

で、小五郎は逃げ、後から秀吉軍の一隊を誘導し、小栗栖へ戻り、土中から光秀の首を発見した。

夜張りの助七と同様に、岩根小五郎は、そのときまでに数度、明智光秀の顔を見ている。何しろ、秀吉とならび、織田信長麾下《きか》の将として名声のあった光秀のことだ。

甲賀や伊賀の忍びなら、必ず、その顔を見知っている。

槍を突き通したとき、馬上から自分をにらみつけた光秀のすさまじい顔を、小五郎は、たしかに見た。

光秀の首は、十五日になって、秀吉の前にそなえられ、十六日には京都・粟田《あわた》口《ぐち》に曝され、諸人の目にもふれた筈なのである。

その明智光秀が、十七年後のいま、生きているというのだ。

「おれはな、その光秀を池田山の釜ケ谷の林の中で見たぞよ」

と夜張りの助七老人はいった。

「いま、光秀はな、桜野宮内《さくらのくない》と名乗っていてなあ」

小五郎は、まだ疑わしげに、しみじみと助七をみつめたままだ。

森は鮮烈なみどりに彩《いろど》られていた。

夕暮れの光の中に、二人の忍者は互いの顔を見つめ合い、しばらく黙念として
いたが、やがて、小五郎が、

「助七は、なぜ、おれに、そのようなことをきかすのだ‼」

「ききたくはなかったのかや⁉」

「嘘なぞ、ききたくはない」

「わしが何で嘘をいう。思うてもごらんなされ。わたしはもう忍びとしての欲も

得もない。ただ頭領さまの指図に従ごうてはたらくまでのこと。したが小五郎どのよ。おぬしは甲賀・伊賀の忍びという忍びの間では明智光秀を討った男として名高い。おぬしが、甲賀の頭領の下をはなれ、ただ一人、存分のはたらきをするようになったのも、その誇りがあったればこそであろうがな」

「む……」

「じゃが、もし……その桜野宮内という武士が、生きていた光秀であったことが知れたとき、気の毒じゃが、おぬしは忍びの恥さらしとなる。ふ、ふふ……岩根小五郎ともあろう者が、影武者の首をつかまされたことになるのじゃものなあ」

まさに、その通りである。影武者の首をはねた忍者の恥は、ぬぐい切れぬものがあるのだ。

小さな躰を屈めて助七は森の奥へ去ろうとした。

「待て、助七……」

「小五郎どの。わしが、このことを知らせてやったのも、むかしのよしみからじゃ。思うてもごらんなされ。わしは、おぬしに、この一命を救われたことがある男じゃ」

「待て。待ってくれい」

「何じゃな……」

「その桜野宮内という武士、いまは何処にいるのだ⁉」

「見とどけるつもりか……もしも、光秀ならば殺すつもりか。いや、まことの忍びなら、そうなくてはなるまい」

互いに、すぐれた忍び同士である。

小五郎にしても、夜張りの助七が、まんざら嘘をいっているのではないことを直感せざるを得なかった。

「助七、たのむ……」

小五郎が緊迫に青ざめて、またいうと、

「教えてもやろうが、そのかわり……」

「そのかわり？」

ぬたりと、助七は笑い、背中を見せながら、しずかにいった。

「十日のうちに、石田治部《じぶ》少輔《しょうゆう》三成《みつなり》さまの御首《みしるし》を討ちとっておじゃれ」

「何……」

岩根小五郎は愕然となった。

ここからも程近い近江・佐和山（彦根）の城主・石田三成は、いまの小五郎がつかえている主であった。

「さらば……返事は三日後、同じ、この場所できこう」

夜張りの助七は、こういい残すや、森のみどりの中へ……一片の葉となったかのように消えた。

二

明智光秀がほろびてから十八年目のいま、すでに豊臣秀吉もいない。

ずいぶん永い間、秀吉は天下に号令をしてきたように思われるが、去年、彼が伏見の城で病歿するまで、彼の天下は十六年つづいたのみである。

秀吉が死んでからいままで、この一年の間、天下動乱のきざしは日毎に明確なものとなってきた。

次の天下を担《にな》うものは誰か……。

秀吉の遺子・秀頼は、まだ六歳の幼児にすぎぬ。この秀頼を中心に、諸国大名たちは、尚、豊臣政権の体面を維持しつつあるけれども、大老・徳川家康の実力と声望は今や充実し切っており、事実、秀吉歿後の家康は、みずから意識して〔天下人〕の座へ一歩一歩と近づきつつある。

この家康の勢力と、いま一つは、——故秀吉の寵臣・石田三成が、これも大老の前田利家を押し立てた勢力とが、大きくいえば豊臣政権の二大勢力であって、諸大名は何らかの形で、それぞれにこの二派に分かれている。

だが前田利家は、つい先頃、病患が重《おも》って、ついに歿した。

石田三成は、彼がたのむ大きな力を失った。

利家の死後、徳川派の勢力が増大し、諸大名の複雑をきわめたうごきや、頻発《ひんぱつ》した幾多の事変、異変については、この物語で、ふれることもあるまい。

とにかく……石田三成は、天下政治の中心である大坂、伏見から去り、いまは居城の佐和山へ隠居というかたちで引きこもっている。これは家康のすすめによるものであった。

三成と家康との間には、表向き何事もないが、

「このままでは、すむまい」

と、誰の目もそう見ていたし、家康もそのつもりでいる。

岩根小五郎が部下の忍びたちを指揮し、絶えず徳川派諸大名の動勢をうかがっているのも、このためであった。

小五郎は、石田三成の家老で島左近勝猛《かつたけ》の家来、ということになっている。

三成と左近が、徳川家康を排除した〔豊臣政権〕の成立を目ざしていることは事実だし、そのためには、どうしても徳川との決戦をおこなうつもりでいることもたしかなのだ。

その三成を暗殺すれば、明智光秀の……いや桜野宮内の所在を教えるといった夜張りの助七の意外な言葉は、すなわち、甲賀の頭領・山中俊房が徳川方のためにはたらいている、ということにもなる。

(だが……まことのことなのか、光秀が生きているというのは⁉)

その夜、佐和山城内にある島左近の屋敷へ帰って来てからも、岩根小五郎は迷いつづけていた。

三成や左近から厚い信頼を寄せられているだけに、小五郎が三成を暗殺することはわけもなくやれる。

そして、その代わりに助七から桜野宮内の所在をきけば、これも必ず暗殺出来よう。

となれば、この二つの事件は、あくまでも助七と小五郎だけの秘密として闇から闇へほうむり去られることだろう。おそらく石田三成の怪死は急病の結果として公表されるだろうし、小五郎もまた何喰わぬ顔で、三成の死を哀しむことも可能だ。

けれども、それでは小五郎の心がすまぬ。

島左近が、小五郎にかけている期待は大きい。

「家康さえほうむってしまえば、豊臣の天下も万々歳じゃ。そうなれば小五郎。おぬしの身柄も、わしがきっと請け合おう」

と、左近はいってくれている。

甲賀出身の忍者が、立派な武将に取り立てられようというのだ。

小五郎としては、石田三成の暗殺をする代わりに、徳川家康の寝首を掻くほどのはたらきをしなくてはならぬ現状なのである。

(よし。まだ三日ある……)

助七と会うまでの三日間に、小五郎は単身、桜野宮内の行方を追って見ようと決意をした。

（たしか助七は、池田山の林の中で光秀を見た、というたな……）

翌朝、岩根小五郎は主人の居間に出て、

「岐阜城下に嫁ぎおりまする妹に会うてまいりたく、二日の間、おひまを下されますよう」

と、願い出た。

島左近は一も二もなくうなずき、

「よいとも、いまのうちじゃ、そのうちに忙しゅうなるからの」

と、ゆるした。

小五郎は、部下の忍び〔一本眉《まゆ》〕と宮坂長蔵をよび、佐和山の警戒を厳重にせよと命じた。

「油断がならぬときとなった。徳川方の忍びが、この城下へ入りこみ、三成様や殿の御命を狙うているやも知れぬ」

「どこへおいでなさる？」

「おれか……おれは妹に会うて来る。いまこのときをおいて、当分は妹とも会えぬような気がするので」

「後のことは案じられますな」

「では、たのむ」

佐和山を出た岩根小五郎は、むさくるしい乞食姿になっていた。

そのころ……。

甲賀・柏木郷・宇田の村にある山中大和守俊房の屋敷で、夜張りの助七は主の俊房と語り合っていた。

「いまごろは、小五郎め、おそらく美濃の池田山へ向ったことであろうな」

と、山中俊房がいった。

助七は、白髪頭をうなだれて、こたえなかった。

「なれど、桜野宮内は……」

と、俊房は、うす笑いを浮かべ、

「見つからぬわ」

声が、不気味に沈んだ。

助七が辛うじていった。

「この年になって私めは、小五郎ほどの忍びを、はじめて、いつわりました」

「小五郎が、お前に負けたのじゃ」

「なれど」

「明智光秀が、生きておることは事実なのじゃ。お前は、たしかに見たというたな」

「はい……たしかに――なれど、それは池田山ではございませなんだ。河内の願《がん》成寺《じょうじ》に於てでございました」

願成寺は、甲賀とも関係のふかい寺だし、この二月はじめに、夜張りの助七が、この寺で一夜をすごした折、泊り合わせたのが、桜野宮内であった。

翌朝、廊下で擦れ違ったとき、助七は愕然とした。

（み、光秀ではないか……小五郎が暗殺したのは影武者であったのか……）

だが、さすがに助七は、動揺を、みじんも顔色には出さなかった。

桜野宮内という、ふくよかな顔貌をしたその老武士も、別に助七を気にとめず、三名の家来と共に何処かへ去った。

助七は、この後をつけ、その所在を突きとめている。光秀……いやその老武士は、比叡山《ひえいざん》の東麓にある〔長寿院〕という寺へ入ったのだ。

「お前は、別に嘘をいうたわけではない。光秀は生きておるのじゃから……」

と、山中俊房は、庭に咲き群れている白百合の強い匂いを吸いこみつつ、

「ともあれ……岩根小五郎がいては、これからの、われらのはたらきの邪魔になる。きゃつめ、何を仕出かすか、知れたものではないからの。いざ、戦さともなれば……内府公の御首も危うい」

といった。

内府とは、徳川家康をさす。

どうやら、山中俊房が夜張りの助七をつかって岩根小五郎をうごかした意味は
(三成の首ではなく、小五郎の首を討ってしまいたい)のであるらしい。

「では……」

と、助七が腰を上げた。

「どこへ行く?」

「大坂表へ戻りまする」

「そうか。よし、行け」

助七は大坂に一戸をかまえている。そこで彼は、腕のよい鎧師《よろいし》として数名の弟子を抱え、諸大名の名ある家来たちとも交際がふかい。五年も前から、助七は大坂に住み、種々の情報を得、これを頭領・山中俊房に通じていた。助七の弟子たちは、いずれも甲賀の忍びであるし、彼の家が大坂における山中忍者の基地になっていることはいうまでもない。

わざわざ、助七ほどの忍びを呼び出したのは、

「お前でなければ、小五郎ほどの者をたぶらかすことは出来ぬ」

と、山中俊房がいった通りである。

むかし、この二人は力を合わせて〔忍び〕に、はたらいたものだ。

あの山崎の合戦があったとき、二人は〔戦さ忍び〕として戦場に出ていた。戦さ忍びとは、戦火の最中に忍びのはたらきをすることで、このとき、二人にあたえられた役目は、敗走する明智光秀の行方を突きとめることであった。秀吉軍に圧倒された光秀が、御坊塚の本陣から最後の反撃をこころみたとき、その本陣近くに、明智軍の軍兵に変装して潜入した助七は敵に発見され、二十名近い槍の攻

撃を受けた。

これは、明智軍の中に、助七を見知っていた伊賀の忍びで石打才次《いしうちさいじ》というものがいたからである。

夜張りの助七は重傷を負いつつ闘ったが、

（もう、いかぬ……）

血と汗にぬれた躰から急に、すべての力が衰え、地の底へ引きずりこまれるように気を失った。

気がついたとき、助七は岩根小五郎の血みどろな顔を目の前に見た。助七よりも近く光秀の本陣に迫っていた小五郎が引返して、助七を救ってくれたのだ。

「もしも光秀を見失のうたら、どうする……なぜ、わしを放り捨てておかなんだのだ？」

助七が、きくと、

「おれの忍びの術は、助七に教えられたようなものだからな」

にやりと小五郎は笑い、

「光秀は逃げたらしい。これから追う」

「おぬし、傷を負うたか……すまぬ」

「何の……ここに寝ていてくれ。それ、すぐそこまで味方が押し寄せて来ている」

いい捨てて、小五郎は走り去った。

それから彼は、単独で、あの光秀に槍をつけるという放れ業《わざ》をやってのけたのだ。

そのとき受けた傷を癒すのに、助七は二年もかかった。いくつもの傷痕は、いまも、彼の老体に残っている。

三

伊吹連山につらなる美濃の池田山は、中山道・赤坂の宿駅の北、池田郷の西方にあった。

佐和山から約十里余の道のりだが、岩根小五郎は、早くも昼すぎに、池田郷へ達した。一日四十里余を走る彼の足をもってすれば、これでまだ、ゆっくりと足を運んだほうだ。

そして、夕暮れ前に、小五郎は池田山の谷間の一つである〔釜ケ谷〕へ入った。
ふかい谷間でもなく、揖斐川の源流ともいうべき渓流に沿って谷をのぼりながら、
(助七が、その武士を見たというのは、どのあたりなのか……⁉)
さすがの岩根小五郎も絶望的になった。
人気《ひとけ》の絶えた谷間である。手がかりがつかめない。
夕闇は濃かった。
桜の老樹がこの谷間には多い。
小五郎が、渓流沿いにつけられた小道を、ぼんやりと進んで行くと、
(や……⁉)
山腹を少し切りひらいたところに木樵《きこり》小屋のようなものが見えた。
(煙が出ているな……人がいるに違いない)
何か、その木樵にでもきいてみたら手がかりがつかめようと考えた。
小五郎は足を速めた。

小屋の戸口まで、あと五間《けん》というところまで来たとき、どこからか風を切って飛んで来たものがある。

（あ……⁉）

小五郎は〔火矢〕が、小屋の小さな窓から中へ吸い込まれて行くのを、はっきり見た。

矢先に、油をひたした布を巻き、これに点火して射かけるのが〔火矢〕である。

小五郎は、獣のような嗅覚《きゆうかく》で、本能的に山道へ伏せた。

同時に、すさまじい爆烈音があたりをゆるがせた。

「小五郎どの。早う逃げよ」

どこからか、助七の声がした。

見ると、木樵小屋は吹き飛んでしまっていた。

はね起きた岩根小五郎へ頭上の山林の中から、いっせいに矢が射かけられた。

その矢よりも速く、小五郎は岩間にかくれ、むささびのように身を躍らせ、下方の茂みへ飛んだ。

そこにも、数条の刃《やいば》が待ちかまえており、一目で知れる甲賀忍びが、小五郎へ殺到した。

夜張りの助七の声は、もうきこえなかった。

血の飛沫と刃風の中で、小五郎は夢中に闘った。

彼に飛びかかる忍びたちの中には、小五郎の見知っている顔もある。

乞食姿であったが、杖に仕込んだ刀もあるし、〔飛苦無《とびくない》〕とよぶ手裏剣も所持していた小五郎だけに、むざとは討たれなかった。

一瞬の差で、小五郎は救われたのである。

火矢を放ったのは、夜張りの助七であろう。

この火矢は、小五郎が小屋の中へ入って後に放たれるべきものであった。

となれば、岩根小五郎の五体は、小屋と共に、中へ仕かけられた火薬の爆発によって、粉々となっていたろう。

その夜ふけに……。

大垣城下の〔銭屋〕重蔵方へ、傷ついて逃げこんだ岩根小五郎は、

「夜張りの助七は、やはり、むかしかたぎの忍びのよさを失ってはおらなんだ、

義理がたいことよ」

　と、重蔵にいった。

〔銭屋〕とは、各種銭貨の両替や交換を業《なりわ》いとする店で、貨幣流通がさかんになったいまでは、大きい町には必ずある。

　ここで〔銭屋〕をしている下山重蔵は、いうまでもなく小五郎の配下の者で、もとは武田家につかえていた〔伊賀忍び〕の一人である。大坂の助七の店が甲賀の基地であるように、ここは美濃における小五郎の基地であった。

「では……わざわざ、池田山へ小五郎殿をさそい込んだのは……」

「そうとも、治少《じしよう》（三成）様の御首がのぞみではない。おれの首がほしかったのだ」

　と、小五郎は重蔵の手当をうけつつ、満足そうに笑った。

　いまは徳川方のためにはたらく甲賀の頭領が、それほどまでに、おれを恐れていたのか……と、小五郎は初めて知った。

（さもあろうよ）

　なのである。

この正月に、小五郎は配下と共に、伏見から船で大坂へ向う徳川家康を急襲したことがある。

これは、島左近の独断による命令があったからだ。

このときは、間一髪の差で、船に仕かけた火薬の爆発が遅れ、家康の身辺を守る伊賀忍者三名の犠牲によって、家康は難をのがれた。

むろん、どこのだれがやったものか、わからぬように小五郎は襲撃をしている。だが、それ以後、家康身辺の警衛は非常なものとなった。

(あのとき、失敗《しくじつ》たが……いざ、戦さともなれば、内府の首は、おれが討つ)

岩根小五郎の自信は少しもおとろえない。

それだけに、山中俊房としても、この隠れたる(異常の戦力)を何よりも先に破砕《はさい》してしまいたかったのであろう。これは、忍びなればこその戦いであった。

歴史の表面に浮かばぬが、むかしから、忍者の活躍がどれほどなものであったか……そのはたらきが、どれだけ歴史のうごきを変えているか……。

それは、忍びだけが知っている(暗黒の史実)なのだ。

「それにしても……」

と、下山重蔵と枕をならべて目をとじた岩根小五郎が、つぶやいた。

「夜張りの助七は、もう、この世にはおるまい」

そのころ……。

夜張りの助七は、池田山の林の土の中に横たわっていた。

甲賀忍びが、この裏切者の躰へ下した刀痕は十数カ所に及んだ。そして助七の死体は、山林の土中に埋められたのである。

そして、同じころ、甲賀の山中屋敷では、池田山から帰って来た配下の忍びたちの報告を受けた山中俊房が、苦虫を嚙みつぶしたように、

「まさかに……助七に裏切られようとは……これで、小五郎を討つ機会が、とらえにくくなったの」

つぶやいていた。

池田山で、小五郎に殪《たお》された忍びは七名に及んだ。

翌朝……。

岩根小五郎は、晴れ晴れとした顔つきで、大垣の〔銭屋〕重蔵方を発し、佐和山への帰途についた。

（これでわかった。明智光秀が生きていたなど嘘の皮なのだったな。すべては、このおれを討つための嘘——それにしても、夜張りの助七には、おれも見事、だまされた。いや、だまされるほどに、おれが助七の言葉を信じたことによって、助七は後になり、おれを助けてくれる気になったのだ。まことの忍びとは、こうしたものでなくてはならぬ）

道を行くうち、よろこびが、助七への哀悼に変り、岩根小五郎は、むずかしい顔つきになっていた。

昨日、受けた右足の傷が痛んだ。

四

翌慶長五年秋——。

石田三成は、会津の上杉景勝と謀り、上杉征討軍をひきいて会津へ向った徳川家康に挑戦をした。

〔関ケ原合戦〕である。

戦闘の経過を、いまさらのべるまでもあるまい。

家康の東軍と、三成を主将とする豊臣派の西軍とに別れた諸国大名が、関ケ原に決戦したのは、九月十五日の朝であった。

夜来からの濃霧がうすらぐや、先ず井伊直政・松平忠吉の東軍部隊が、西軍・宇喜多秀家の部隊へ攻めかかった。

関ケ原は、山稜に囲まれた南北一里、東西半里ほどの狭い原野である。

この小さな原野の中で、東軍七万五千。西軍八万余、合わせて十六万の大軍が、鍋の中の芋《いも》を掻きまわすように押し合い、もみ合い、延々として戦った。

この決戦が東軍の勝利となって、徳川家康が、名実ともに〔天下さま〕となったことは、誰も知っている。

しかし、朝から昼までは、むしろ西軍が押し気味であった。

午後になって、西軍の小早川秀秋をはじめ諸将が、それぞれの部隊をひきいて徳川方へ寝返った為、形勢は一挙に逆転をした。

このときまで、岩根小五郎は〔忍び〕としてではなく、一小隊をひきいる隊長として勇戦をつづけていた。

ちなみにいうと……。

この半月の間に、江戸から東海道を上って来る徳川家康を、小五郎は部下の忍びたちと共に、三度にわたって襲撃をしていた。

一度は、家康が二万五千の本軍をひきいて江戸を発し、小田原へ到着したとき、二度目は岡崎から熱田へ向う途中で、さらに三度目は、岐阜から赤坂の東軍本拠へ向うときに——小五郎は、再三にわたって、家康を急襲し、家康は急遽、影武者数名を仕立てたほどだし、甲賀の山中俊房は撰《え》りすぐった部下の忍び二十余名によって家康の身辺を警戒させた。

そして、関ケ原開戦を迎えるまでには、小五郎は宮坂長蔵をはじめ部下の忍びのほとんどを失い、徳川方の忍びは、甲賀・伊賀を合わせて三十七名という大量の死傷者を出した。

こうした忍び同士の激突の中を、家康は大軍と共に肝を冷やしつつ、進んで来たのである。

さて——。

午後一時ごろになって、いよいよ西軍の敗色濃厚となったとき、

「これまでだ」

岩根小五郎は、いったん天満山の陰へ退き、血と泥にまみれた鎧や兜をぬぎ捨て、ここに、かねて隠してあった東軍・井伊部隊の鉄砲足軽の武装と着替えた。

そして彼は、馬にも乗らず、混戦の中を、じりじりと徳川本軍目ざして進みはじめたのである。

このとき、家康は関ケ原東方の桃配《ももくばり》山の本陣を払い、関ケ原の中央、陣場野にまで馬を進めていた。

叫喚と馬蹄の響きと、飛びはねる血しぶきの中を、岩根小五郎は、たくみに東軍の一兵となり、陣場野の本陣へ接近して行った。

驟雨が来た。

その白い雨の幕の向うに、家康本陣の馬印や旗指物が見えた。

（よし‼）

今度は、明智光秀どころではない大物を殪すのだ。

もし成功すれば、まさに忍者の本懐であったろう。

すぐ目の前の林の中から、徳川方の一隊が槍を押し立てて出撃して来る。

小五郎は負傷の態《てい》を見せ、ぬかるみの中へ、へたり込んだ。そして、この一隊をやりすごそうとした。

わあーっ……。

喚声をあげ、この一隊は、小五郎のすぐ傍を走り去ろうとした。

諸方からも、東軍の旗指物が、いっせいにうごきはじめている。

敗走する西軍を追いかけはじめたらしい。

右手に槍をつかみ、片ひざを立てて、小五郎が、走り抜ける人馬の一隊を、ふと見やって、

「ああっ……」

思わず、叫んだ。

隊の後尾にあり、十名ほどの槍足軽をひきい、馬を駆って近づいて来る老武士の顔をはっきりと見た小五郎は、

(み、光秀——明智……)

あっ、という間もない。

その老武士は鉢巻の顔を引きしめ、馬をあおって小五郎の二間《けん》ほど向うを走り抜けた。

「うぬ‼」

一瞬、小五郎の躰がはね起きた。

すさまじい執念の眼光が、馬上の老武士を狙って、

「む‼」

小五郎の腕から槍が飛んだ。

だが、それは悪夢のような瞬間であって、さすがに、小五郎の狙いも狂ったのか……。

槍は、老武士が乗っている馬の尻へ突き立った。

馬が、悲鳴をあげて棒立ちになった。

「くそ‼」

刀を抜き払って走りかけた小五郎へ、

「曲者‼」

「油断あるな‼」

声と共に背後から別の一隊が小五郎へ殺到して来た。

味方の足軽だと見ていた男が、味方の武士へ槍を投げつけたのだから無理もな

い。

後は、もう夢中であった。

馬上の老武士（おそらく桜野宮内と名乗る……）がどうなったかをたしかめる間もなく、小五郎は背後から襲いかかった十数名の兵との闘いに奔命しなくてはならなかった。

槍は、もう手になかった。

辛うじて、小五郎が忍ばせていた〔火薬玉〕二個が無かったら、彼はこの関ケ原合戦の名もなき一兵として土中に埋められてしまったろう。

闘って、傷だらけになって……。

小五郎は、必死で逃げざるを得なかった。

気がついたとき、彼は、あの池田山の釜ケ谷の森の中に横たわっていた。

（なぜ、ここへ逃げて来たのか……）

理由は、わからぬ。

関ケ原から約五里の道を、どう走って来たかも、おぼえていなかった。

（やはり、光秀は生きていた……）

雨の闇の中で、小五郎は歯がみをした。

（この釜ケ谷で、甲賀の奴どもが、光秀を探しに来たおれを襲うたのは、去年の夏であったが……）

あたりを見まわすと、あの木樵小屋があった近くであった。

小五郎の目は、忍びだけに闇を見透す。

（夜張りの助七も、ここで殺されたのだろうか……それとも、捕えられて甲賀に連れて行かれ、裏切者の処刑にされたか……）

とにかく、ぐずぐずしてはいられない。

敗走者を探しまわる東軍の目は迫りつつある筈だ。

小五郎は陣笠も武装もぬぎ捨て、それこそ身一つになり、山を上りはじめた。

山ごえに日坂の峠へぬけ、そこからまた谷へ下り、揖斐川の源流沿いに、天狗山の裾まで行けば、岐阜の町家へ嫁いでいる妹の、その夫の実家がある山里だ。

小五郎は急いだ。

知らぬ間に倒れて眠ったためか、意外に疲れがとれていたし、傷の血も止まった。そこはやはり常人とは異《ちが》う忍者の鍛えぬかれた肉体の強さであった。

谷を上り切ったとき、小さな草原に出た。

その草原を行きすぎようとして、

(や……!?)

小五郎が闇の一点を凝視した。

草の中から一にぎりほどの棒状の木が一尺ほど突き出ていた。

その突端が、ななめに切りそがれていた。これは甲賀忍びが死者をほうむったときの簡単な墓標ともいうべきしるしであった。

「助七……」

低く叫び、小五郎は夢中で土を掘り起しはじめた。

裏切者の夜張りの助七であったが、彼の人柄をしたう忍びの誰かが、この墓標を立てずにはいられなかったものと見える。

助七は、そこの土中に眠っていた。

すでに白骨化していた。

「すまぬことをした……」

その白骨を抱き、岩根小五郎は慟哭《どうこく》した。

むかしは忍び同士の間でも当然だった義理も、いまは消えている。助七が小五郎へ返した義理の堅固さは一昔前のそれであった。いまは味方の忍び同士でも手柄を争うためには殺し合うことも平気だし、大名たちから二重三重に雇われ、二重三重に報酬を得て、裏切ることも寝返ることも、それが忍びの常識となってしまっている。

それだけに、小五郎は泣かずにはいられなかったのであろう。

ふと気がついた。

夜張りの助七の白骨化した左手が何かをにぎりしめているのだ。

取りあげて見ると、それは二寸に足らぬ小さな木の札であった。指でさぐると何か彫りつけてある。それは甲賀の〔忍び文字〕という一種の記号であって、

〔ひえい・ちょうじゅいん〕

と、指で読めた。

「比叡山・長寿院か……」

つぶやいたとき、岩根小五郎は背すじが寒くなった。

〔比叡山の長寿院に、明智光秀がいた……死を覚悟して、この木札をたずさえ、

そのことを助七は、おれに知らせてくれようとしたのか……いつか、おれが、ここへ来て、自分の死体を掘り起こしてくれることを見通していたのか……）

それにしても、老熟し切った忍びのすることは、はかり知れぬおそろしさがあるものだと、小五郎は茫然としていた。

やがて、彼は、助七の白骨をひとまとめにして、自分の肌着で包み、これを抱き、夜明けも近い奥山へ消えて行った。

五

慶長六年三月末の或る日——。

旅の〔針売り〕に変装した岩根小五郎が、東海道を下っていた。

去年の関ケ原戦の後、徳川家康の威望の下に諸大名は屈し、石田三成、小西行長などの西軍首脳も次々に捕えられて処刑された。

ただ、ふしぎなのは、三成の家老・島左近の行方である。

あのとき、開戦間もなく、左近は東軍の銃撃によって重傷を負い、後方へ運び去られたことは、小五郎も目撃している。

それから後、左近が行方不明になった。

もし、戦死をとげていたなら、左近ほど天下に知られた武将の首が黙って捨て去られる筈がないし、捕えられたのなら尚更の事である。（どこかへ落ちのびられたに違いない）

と、小五郎は確信をしていた。

主人の島左近の行方をたずねることも、これからの小五郎の生甲斐となったが、それよりも先ず、

（光秀の行方をたしかめねばならぬ）

のである。

関ケ原戦後、光秀の名も、桜野宮内の名も世に出てはいない。

いま、生きていれば、七十六歳の明智光秀であった。

その高齢で、よくも戦場に出られたものと思うが、

（たしかに、光秀の顔だった……）

白髪の頭に鉢巻きをしめ、黒地の金箔で何かの模様をぬいとった陣羽織を着ていた。あの老武士の顔は、まさに二十年前、山崎の竹藪で自分が槍にかけた明智

光秀そのものであった。

岩根小五郎ともあろう忍びの目が狂う筈はないのだ。

あれから……。

小五郎は、天狗山の小屋に隠れ、苛《い》ら苛《い》らと時を待っていた。

いまでも、西軍落武者の探索はきびしいのだが、

(もう、待ち切れぬ)

思い切って天狗山から出て来た。

先ず、比叡山の長寿院をたずねた。

「桜野宮内さまに御恩を受けたものでござりますが……」

と、このときの小五郎は裕福そうな町人の身なりをしており、

「岐阜城下にて銭屋をいたしております高畑弥兵と申すものにて――」

と、名乗った。

長寿院でも、桜野宮内が明智光秀だなどとは少しも知らぬらしい。

「桜野どのは、相模国《さがみのくに》の依智《えち》というところの郷士じゃそうな。このごろは見えませぬが……十年ほど前に比叡山へのぼられた帰途、当寺へお泊りなされてから二

度ほど、京へまいられるたびに、ここへも見えられたが……」

と、長寿院の院主がこたえてくれた。

それ以外のことは何も知らぬらしい。

そしていま、小五郎は針売りに姿を変え、東海道を下っている。

目ざすは、いうまでもなく相模・依智の村里である。

依智は相模川と中津川にはさまれた丘陵の地で、現代の神奈川県・厚木の北方であり、源平のむかしには名ある武将も出ているそうな。

岩根小五郎は、京都から百余里を三日で走破し、平塚の宿駅にかかった。

夕暮れである。

風は強く、相模湾の海鳴りも激しかった。

ここから馬入川に沿って六里も北上すれば、この川は二つに別れ、相模川と中津川となり、依智の里は、そこにある。

この道は、小五郎も通ったことがなく、

（ともあれ、明日のことだ）

はやる心を押えつけて、その夜は平塚の旅籠《はたご》へ泊ることにした。

もし、桜野宮内が光秀であったときは（小五郎は、もう光秀であることを疑っていない）どうするつもりなのか……。

むろん〔暗殺〕してしまわねばならぬ。

影武者を本人と見間違えた忍びの恥を、そそがねばならぬ。

これは、小五郎一人が知っておればよいことなのだ。

そうすることによって、小五郎は忍びとしての自信を取戻さなくてはならぬ。

そうしなくては、これから先、たとえ島左近とめぐり合えても、彼のために忍びとして、はたらく自信がもてないからだ。

それが証拠に、小五郎は甲賀の手によって、むざむざと池田山へおびき出されるという失態を演じてしまったではないか。

夜ふけて、雨になった。

小五郎は、まんじりともせず、夜が明けると、まだ降りやまぬ雨の中を街道へ出て行った。

これから依智の里まで、彼の足なら二刻（四時間）もかかるまい。

平塚の町を出て行く小五郎と擦れ違った旅僧が、笠中で目を光らせ、

「見つけたぞ」

と、つぶやいた。

六

その朝……。

依智の里にも春の雨がけむっていた。

段丘の上の欅《けやき》の林にかこまれた屋敷の一室で、桜野宮内は妻のもよや、二人の息子と三人のむすめの、それぞれの配偶者にかこまれ、死の床にいた。

関ヶ原で、岩根小五郎の槍が自分の馬に突き立ったとき、宮内は落馬もせず、従って戦闘が終りを告げたときも、彼は無事であった。

「それにしても……」

と、桜野宮内は、ぜいぜいと呼吸を乱しながらも安らかな顔つきで、

「年甲斐もなく、ばかなことをしたものよ」

老妻を見上げ苦笑をもらしたようである。

「わしには、亡き父や兄の血が流れているものと見える。いまでも、あの関ヶ原

の戦場に立ったときの……何というたらよいのか……」

「武者ぶるい、でございますかえ⁉」

「そうじゃ、その通り」

うなずく夫を、妻は子供をあやすように、

「さ、いま少し、おねむりなされませい」

と、いった。

「いや、今度ねむったら、もう目ざめぬよ」

「また、そのような……」

「わしはな、七歳の折に、美濃国から、この相模へ来た。明智光秀殿の腹ちがいの弟……そのわしの面《つら》つきは何でも光秀殿と瓜二つじゃそうな。このことを知らせてくれたのは、ほれ、美濃から此処まで、わしを送って来てくれた土屋才次が、よくいうていたものよ」

依智の郷士で、先代の桜野宮内の二女於睦《おむつ》は、早くから美濃の親類の家にもらわれて行ったという。

この於睦が、光秀の父・明智光綱の愛妾となり、一子をもうけたが、産後、間もなく病歿した。生まれた子は亀丸と名づけられた。すなわち当代・桜野宮内の幼名である。

光秀は正夫人の腹から三年前に生まれていたが、光秀十歳の夏に、父・光綱も死んだ。

ときに亀丸は七歳であったが、

「亀丸は実母の実家《さと》へ帰してやったほうがよい」

と、光秀の伯父・明智光安がいい出した。

母も実父も死んでしまった亀丸の身辺は、いうまでもなくさびしいものであったし、

「弟めには、のびのびと一生を送らせてやりとうござる。性質《さが》もやさしい生まれつきゆえ」

と、光秀も承知をした。

何しろ明智家なぞは美濃の小豪族で、岐阜の斎藤道三の下について何とか戦乱の世を切りぬけようとしていたのだし、のちには、斎藤道三父子の争いに巻きこまれ、明智家は押しつぶされてしまったほどなのである。

それから、織田の臣となるまでの光秀の苦労は大変なものであったらしい。

「それから六十余年もたって、わしは、手づるを求め、徳川勢について戦場へ出た。亡き兄の形身の太刀を腰にしてのう」

桜野宮内は、けたけたと笑い出し、

「それはよいが……いざとなったら、もはや躰がいうことをきかぬ。最後には敵の槍を馬の尻に突き刺され、危うく落馬しかけたものじゃものな」

そして、子供たちを見まわし、

「おぬしたちも、これから武士のまねなぞするのではない。たとえ血がさわぐことがあってもな」

と、いい、さらに、

「じゃが、無駄ではなかった。わしは徳川家の御味方をしたことになっておる。もはや天下は徳川のものじゃ。徳川の世がつづくかぎり、わが家は安泰じゃものな」

宮内は、枕頭におかれた家康からの感状を老妻にとってもらい、しみじみとながめつつ、

「わしが、家康公に御目通りがかのうたとき、家康公は妙な顔つきになられてな。宮内は明智一族とかかわり合いがある者か、といわれてのう」

そのとき、桜野宮内が何と答えたかは筆者も知らぬ。

間もなく、宮内の息は絶えた。

そのころ、岩根小五郎は依智の里へ足をふみ入れていた。

桜野屋敷がある丘の道を、小五郎が登りかけたとき、背後から雨の幕を切り裂いて疾《はし》って来た数個の車手裏剣が、彼の後頭部へ適確に命中した。

ほとんど、うめき声をあげず、小五郎はぬかるみの中へ倒れ伏した。

「み、光秀……」

と、声にもならず唇がうごき、それが岩根小五郎の最期であった。

川沿いの木立の中から、これを見とどけた旅僧は、

「甲賀を離れたものの最期は、これじゃ」

いい捨てるや、風のように元来た道を引返して行った。

この旅僧は、後年、大坂夏の陣の戦さで死んだが、甲賀の山中俊房の右腕といわれた柏木万介である。

寝返り寅松

一

天正十八年二月（いまから約三百七十年前）に、豊臣秀吉は大軍を発して、小田原城にこもる北条氏政・氏直を攻囲した。

織田信長が本能寺の変に殪《たお》れて以来、秀吉の天下経営の夢は着々とみのり、四年前の九州攻めの成功を見た後、

「あとは関東のみじゃ」

秀吉は、いよいよ懸案の北条氏攻略に手をつけたのである。

北条氏が関東を制圧してから、すでに八十余年を経ていた。

この間、武田、上杉、今川、織田などの強敵を相手に、北条氏は政治的にも軍事的にも、よく関東の盟主たるべき地位をまもりつづけてきたわけだが……。

こんなはなしが、むかしの本に出ている。

北条氏政が父・氏康の後をつぎ、小田原城主となってからのことだが、或夜、

重臣たちもまじえた宴席で、

「ああ……」

突然、隠居の身となった北条氏康が箸をおいて嘆息をもらし、

「北条の家も、わたし一人で終わってしまうのか……」

とつぶやいた。

父のすぐ前で、これも飯を食べていた氏政がおどろき、

「父上。何をおおせられますのか？」

「何でもない。おぬしがことじゃ」

「え……⁉」

「いま、おぬしが食べているのを見ると、一ぜんのめしに汁を二度もかけている。人たるものは一日に二度、めしをくらうゆえ、ばかものでないかぎり、食事の修練をつむが当然じゃ。しかるに、おぬしは一ぜんの飯にかける汁の量もまだわきまえてはおらぬのか。一度かけて足らぬからというて、また汁をかける。まことにおろかじゃ。朝夕にすることとさえ忖度《そんたく》が出来ぬのでは、ひと皮へだてた人の肚《はら》の内を知ることなど、とてもかなわぬ。人の心がわからなんだら、よき家来

も従わず、まして敵に勝てよう筈もない。なればこそ、北条の家も、わしの代で終わると申したのじゃ」

満座の中で、きびしく我子をいましめたという。

このとき氏政は、冷笑をもって老父の諌言にこたえたのみである。

こういう氏政だから、やかましい父・氏康が死ぬと、たちまちに、ぼろだらけの本体をあらわしてしまい、ここ十五年ほどの間に、北条氏は少しずつ激しい時代の流れに乗り遅れていった。

難攻不落といわれた小田原城あるかぎり、どのような強敵にも負けぬという単純な自信をふりかざし、氏政はあぐらをかいていたのだ。

豊臣秀吉も、こんな敵をおそれてはいない。

ただ、つまらぬ出血をさけ、戦わずして北条氏を自分の実力の前に屈服せしめようという考えであった。

それにはそれで、秀吉も数年前から、こまかい手くばりをしている。というのは、北条氏に従う関東の大名、武将たちへの対処であった。

上州から武蔵にかけて、松井田、松山、八王子、岩槻、忍《おし》、鉢形《はちがた》などの諸城には北条方の諸将がおり、結束もかたい。

ことに武州・鉢形の城主は、氏政の弟・北条氏邦で、若いころから謀略と戦闘にもみぬかれた武将である。

この鉢形城へ、小田原戦役が始まる三年も前から、秀吉の手によって二人の忍びが潜入していた。

このころ、豊臣秀吉の間諜網をあやつっていたのは、山中長俊という人物で、近江・甲賀の出身である。山中長俊は、はじめ柴田勝家につかえ、勝家ほろびた後に丹羽長秀を経て、秀吉の家来になった。

この長俊の「又従兄弟《またいとこ》」に、山中俊房がいる。

山中俊房は甲賀二十七家とよばれる豪族の一人で、むかしから忍者の頭領として活躍した男である。彼が縁類の長俊を通じて秀吉のためにはたらくようになったのは、およそ七年ほど前からであった。

だから、鉢形へ潜入した忍びも山中俊房配下のもので、飯道《はんどう》弥平次、小出寅松の二人がそれである。

中年の弥平次は、鉢形城と荒川をへだてた高山にある鐘撞堂の鐘打ちになった。

鐘打ちは二十余人で、いずれも北条家の足軽だし、いざというときになれば、この鐘の乱打によって信号が伝達され、隣接の砦《とりで》や城がたちまち非常態勢に入る。

若い寅松は、鉢形でも猛勇の武将として知られる山岸主膳之助の家来となったのだが、この二人が、それぞれに北条方につかえるまでの経過を、のべるにもおよぶまい。そのようなことは、熟達した甲賀忍びにとってわけもないことだからである。

ところが……。

いよいよ年が明けたら小田原征討軍が編成されようという天正十七年十二月になって、

「小出寅松が寝返りまいてござる」

と飯道弥平次から報告があった。

この知らせを持ち帰ったのは、お万喜《まき》という女忍びで、彼女は北条方へ入りこんでいる仲間からの報告を頭領の山中俊房へつたえるべく関東と甲賀をいそがしく往復している。

「お万喜。そりゃまことのことか？」

山中俊房は、この信頼する女忍びに問うた。

お万喜は七十に近い老婆の、しかもむさくるしい女乞食になりきっているが、年はまだ三十をこえたばかりであった。

「寅松は、山岸主膳之助のむすめ正子《せいこ》を妻にいたしたようで」

「ふむ。それだけのことか」

忍びが敵方の女を妻にして活動を容易ならしめることは、いくらも例があることだ。

「いえ、弥平次が申しますには……」

「何と？」

鉢形城主・北条氏邦は、ちかごろ頻繁に小田原へ馬を飛ばせて行き、本家の主でもあり兄でもある北条氏政と作戦を練っている。豊臣軍が近いうちに攻め寄せてくることは、すでにこの秋、秀吉が諸大名へ向けて発した〔討伐軍令〕によって天下が知っていた。北条方の作戦会議がくり返されたところで、ふしぎはない。

「なれど、気にかかりますのは……」

と、お万喜が顔をしかめた。

つまり北条氏邦は、兄・氏政の、

「小田原城へたてこもれば、いかに秀吉の大軍が来ようとも平気である」

などという昔からの楽観論に対し、急に反対をとなえはじめ、

「それでは、秀吉の術中におちいるばかりでござる、兄上――城を出て戦うべし。戦うて機をつかむべし。なぜならば秀吉めは、こなたが籠城をのぞみ、そのための軍略をもって事をすすめておりまする。上州・武州にあるわれらが城なぞはどうでもよい。全軍を小田原にあつめ、北条の命運を賭けて決戦つかまつろう」

といい張ってやまぬという。

はじめは籠城説に賛成だった北条氏邦が、鉢形城を捨てても出撃すべきだという決意をかためたのは、

「まさに、小出寅松の裏切りによるものでござる」

と、弥平次はお万喜にいった。

寅松が義父としてつかえている山岸主膳之助を通じ、北条氏邦へ、豊臣方の作戦計画をもらしたにちがいないというのである。

「確証をつかんだわけではありませぬが……御油断はなりませぬ。いちおう御頭さまへおつたえ願いたし」

と、弥平次はいっている。

もし北条軍が死物狂いで出撃するとなれば、豊臣軍の出血は非常なものとなる。いきおい秀吉は講和にふみ切らざるを得まい。講和と降伏とでは、名実ともに天下をつかみかけている秀吉の威勢が大分に割引されることになる。

秀吉としては北条氏政を籠城させ、その間に、まわりの属城を一つ一つたたきつぶして小田原を孤立させ、兜をぬがせるのが、もっともよいのだ。

もし、寅松の裏切りが本当なら、

「弥平次の手にはおえまい」

と、山中俊房は思った。年は若くても、弥平次に隙を見せるような小出寅松ではない。

「よし」

山中俊房は、すぐに決意をした。

「お万喜、お前が行け。すべてをまかす」

「では……寅松の生死をも？」

「うむ」

この夜、お万喜はただちに鉢形へ飛び、いままでのお万喜の役目は、孫八という老人の忍びがつとめることになった。

二

小出寅松は、柴田勝家の遺臣・上田十右衛門というふれこみで鉢形へやって来たのである。

寅松を山岸主膳之助へ紹介したのは小田原城下にある法城院の和尚、心山《しんざん》であった。

心山は七十をこえた老僧で、小田原へ来てから二十年にもなり、本家の北条氏へも親しく出入りをゆるされていたから、鉢形の北条家としても、山岸主膳之助としても、寅松の奉公にうたがいをはさむことがなかった筈だ。

だが、この心山和尚は甲賀の息のかかったものであり、山中俊房との関係は、俊房の父・俊峯のころからのふかいものであった。むろん、心山は甲賀・柏木郷の出身で、若いころに仏門へ入ったのも、甲賀の指令によるものである。

心山が、小田原の寺の住職として暮してきたのは、今日のためではない。そのころ、まだ天下は信長のものでも秀吉のものでもなかったからだ。

当時、甲賀の頭領たちは配下の忍びたちをふくめ、それぞれに意思を通じ合っていたし、ゆえに心山は、郷土の甲賀全体のためにはたらいてきたものである。

いまでは、甲賀の忍びたちも、それぞれの頭領に従い、諸方の大名にやとわれたりして、その結束もばらばらになってしまったが、心山は尚も山中俊房のために暗躍をつづけているのだ。

さて――。

甲賀を発したお万喜は、先ず小田原へ足をとどめた。

例によって、小田原へ入ったときのお万喜は、むさ苦しい老婆の乞食姿であったが、深夜、音もなく、法城院内・心山の寝所へあらわれたとき、彼女は灰色の忍び装束に身をかためていた。

寝所の闇の中へ水がにじむように浮き出したお万喜は、しずかに、心山和尚をゆりおこした。

「お万喜か……」

「はい。先日、私が甲賀へ戻ります前におたのみしておきましたことは？」

「うむ。小出寅松寝返りのことじゃな」

「いかにも」

「まだ、ようはわからぬ。なれど、昨日な……」

「昨日？」

「また鉢形から北条氏邦が駈けつけてまいっての。例によって軍評定《いくさひょうじょう》があったらしい。むろん、相つづいて籠城の仕度もいそがしゅうととのえておるが……箱根の山中城をはじめ外部の砦へも、今朝方から急に兵をさしむけたり、鉄砲、煙《えん》硝《しょう》なども運びはじめたようじゃ」

「と申されるのは……」

「やはりな、お前のいうように、どうやら籠城はやめて、全軍、野に出て豊臣勢を迎え撃とうという気配が濃うなってきたぞよ」

「なるほど……」

「昨夜な、城中から氏勝が、この寺へ見えての」

「はい」

北条氏勝は主家から姓をもらったほどの重臣だし、武勇の士である。心山とは、ことに親交があり、心をゆるしている。

この氏勝が四千の部隊をひきいて、箱根・山中城の松田康長の援軍となるため、今朝、小田原を発した。

このとき氏勝は法城院へ立寄り、

「どうやら、鉢形の氏邦様の主張が通りそうにござる」

うれしげにいい置いて去ったのは、氏勝も出撃派の一人であったからだろう。

「じゃからというて、寅松が寝返ったときめこむこともなるまいな」

「いかにも。何分、戦さも迫っていますゆえ、弥平次もくわしくはしらべなんだようで」

「そこで、今度は、お前が行くのか？」

「弥平次には手を出させぬ。いざというときまで、あの男は鉢形に残ってもらわねば……」

「それが甲賀の仕様じゃものな」

「北条氏勝、山中城へ援軍のことは？」

「うむ。夜張りにつたえおいたわ」

〔夜張り〕とよばれる忍びは、小田原城下で酒を商っている。これが心山の甲賀との連絡を受けもち、急報あるときは、彼が箱根山中で、木樵《きこり》をしている蟇仙《ひきせん》という忍びにこれをつたえ、蟇仙は甲賀へ飛び、夜張りはまた小田原へ戻って酒を売りながら次の指令を待つのだ。

お万喜は、夜が明けぬうちに法城院から消え鉢形へ向かった。

三

小出寅松が、主の山岸主膳之助によって忍びの正体を看破されたのは、およそ一カ月ほど前の或夜であった。

すでに、寅松は主膳之助のむすめ正子を嫁に迎え、鉢形城三の丸にある山岸屋敷内の一棟をもらって暮していた。主膳之助には勝千代という十五歳になる男子がいて、これが家をつぐことになっている。

その夜――。

寅松をよびよせて酒宴をした山岸主膳之助が、

「これから湯をあびるが、おぬしも共にどうじゃ」

と、さそった。

何気なく、寅松は、この主でもあり養父でもある主膳之助の声に応じ、裏庭に面した浴舎へ共に入った。

湯気の中で、裸体になった寅松は、これも素裸の主膳之助の背の垢を竹へらでこすりはじめた。

このとき、主膳之助が何気ない口調で、

「おぬし、いずこの忍びなのだ？」

ふわりと、問いかけてきたのである。

声はおだやかなものだが、その呼吸といい、えらんだ場処といい、主膳之助のしたことは尋常のものではなく、さすがの寅松も胸をつかれた。しかし、それも一瞬のことだ。今年二十八歳になる寅松は、年齢の若さには似合わぬ技術と体験によって数度の手柄を頭領・山中俊房にみとめられている。

「忍びでございますと？」

問い返した寅松の声も自然であった。

「ちごうか？」

「はて――なぜに、そのようなことを申されますか」

「だが、わしは、おぬしの亡き父親を見知っておるのだが……」

「は、はは……今夜の殿は、ちと、おかしげな……」

「おぬしの父の名は、たしか上田喜六とか申したな」

「もと柴田の臣でございました」

「それもきいた」

寅松の手は、少しの動揺もなく竹へらをうごかしている。

と、山岸主膳之助は五十歳に見えぬたくましい裸体を寅松の腕にまかせたまま、のびのびと心地よげに眼をとじ、

「だが……」

「だが、わしの見知っていたおぬしの父親は、甲賀忍びの小出重六という男であった」

「私、知りませぬな」

「二十年前、まだ武田信玄公の生きてあるころ、小出重六は武田家をさぐるため、何度も甲斐の国へやって来たものだ。そのころ、わしは武田につかえ、武田忍びのひとりであったが……」

「はじめてうかがいまする」

「そうか……」

永い沈黙の後に、主膳之助がいった。

「もしもそうなら、おぬしがまだ、小出重六を斬った男が、このわしだということを知らなんだわけじゃな」

今度は、小出寅松のこたえがなかった。

「武田の忍びであったころのわしは名もなく地位もない闇の中に生きるのみの男であったが、武田ほろびて後、北条につかえ、槍一筋の武功によって城内に屋敷をたまわるまでになった。一介の忍びが、まことの武士になれたわけだが、……

左様、武田家につかえていたころのわしは、飯田彦蔵という名であったよ」

寅松の手がとまった。

「わしは伊那谷に生まれた忍びでな。父も武田家につかえていたわけだが……左様、おぬしの父とは何度も闇の中で対決し、闘い合ったものだ」

寅松の躰が気配もなく、うごきかけた。

「それが、ついに……あの元亀三年の三方ケ原の戦場で、わしは武田の、おぬしの父は徳川の、共に戦さ忍びとして駈けまわるうち、ついに、祝田《ほうだ》の坂で出合い、斬り合うた。そしてわしが勝った」

寅松の手から、竹へらが落ちた。

すべてが適中している。

亡父・重六が三方ケ原で戦死したのは事実で、このとき徳川軍に加わっていた甲賀忍び五名が父と共に戦さ忍びとして戦場に出た。乱戦の中に敵将・武田信玄の首を討つための指令を受けたからである。

このうち二名が生き残って甲賀へ戻った。

そして、父の死をきいたわけだが、父を討った男がだれであるかは、わからぬままであったのだ。

完全に、このときの小出寅松は山岸主膳之助に呑まれてしまった。忍びとしても、人物としても段違いの貫禄があったし、しかも自分を父の敵と狙っているやも知れぬ寅松に、こだわりもなくわがむすめをあたえているのである。

さらに——。

寅松は主膳之助につき従い、鉢形城中の隅から隅まで見とどけているし、軍評定の席も二、三度のぞいたことさえあるのだ。

虚脱したようになった寅松へ、主膳之助は浴舎を出て行きながら、こういった。

「おぬしの顔は、亡き小出重六殿に生きうつしよな」

「な、なぜ、今まで、この私を……」

「いまこのとき、父の敵をなぜ討たぬ」

「甲賀忍びに敵討ちはゆるされませぬ」

「父の敵より、役目大事か。なるほどのう」

「ああ……」

寅松は、うめいた。

「なれど……なれど正子どのまで私に……」

「おぬしが正子を愛《いつく》しみくれる心は、とくから存じていた。なればこそ、正子をあたえたのじゃ。正子もまた、おぬし一人を想いこめていたによってな」

「むウ……」

「忍びだとて温き血はある。愛《いと》しげな女を捨て去り役目に生きる苦しみは、わしも何度となく味おうたものよ」

戸の外から、主膳之助の声が、つぶやくようにきこえた。

「鉢形を去ること、おぬしの心のままじゃ」

しかし、小出寅松は去らなかった。

そして、このときから、彼は山岸主膳之助の娘聟《むこ》として生きる決心をしたのである。

小出寅松の場合、かたちは異常なものであったが、忍びの変節、裏切りの一典型であったといってもよい。

なぜなら、寅松の決意の底には、やはり正子という女と、彼女の腹にやどった我子への愛が存在していたからである。

いままでの血のにじむような修業も、忍びとしての勲功も、すべてむなしくなった。

(ああ……おれの忍びの術は、こんなものだったのか)

なげく心と、

(これでよい。さばさばした)

妻と、生まれ出る子へ、ひた向きにかけて行ける愛へのよろこびが、寅松の胸の中で激しく交錯した。

だが、裏切りはしても、豊臣方の作戦や甲賀の忍びの組織まで主膳之助へ洩らしたわけではない。

また、そのようなことをきき質《ただ》すような山岸主膳之助ではなかった。

主膳之助は、寅松が正子と共に、いつまでも暮してくれることだけで、満足だったのである。

あの夜、浴舎の中で起った出来事は、だれも知らなかった。

寅松は、依然、上田十右衛門として山岸屋敷に暮していた。

小田原籠城反対は、北条氏邦自身の主張であったにすぎない。けれども鐘打ち弥平次は、時折、鐘打山の砦を巡視する山岸主膳之助と小出寅松の間にかもし出される気配の微妙な変化を見て、寅松の裏切りを、忍びの嗅覚で直感したのであろう。

四

よくよく考えてみれば、甲賀の忍びが豊臣方の作戦の全貌を知っていよう筈がない。

ただ、弥平次と寅松へは、この秋ごろから、

「殿下（秀吉）は、北条方の籠城をのぞんでおられる。ゆえに、そのつもりで万《よろず》につけ忍びばたらきのこと」

という、山中俊房からの指令が、ひそかにとどけられた。

弥平次の思いすごしは、この簡単な指令に神経をとらわれていたからだが、しかし、寅松の心の変化を看破したのは、さすがだというべきであろう。

甲賀のお万喜は、十二月七日に、武州・鉢形の南方二里のところにある大内沢の谷間へつき、夜になってから忍び装束となって鉢形へ潜入した。

大内沢の谷間の木樵小屋に住む老人も甲賀の者であって、鉢形と甲賀をむすぶ根拠地の一つである。

（弥平次の言をきくよりも、先ず、私の目で、寅松をたしかめて見よう）

と、お万喜は思いたった。

彼女は、荒川に面した和田河原から崖上にひろがる鉢形城内へ忍び入った。

豊臣方との開戦をひかえているだけに、城内の警戒もきびしかったが、お万喜にとっては、わけもないことだ。

彼女は、織田信長が武田勝頼をほろぼしたとき、武田方の城という城へ潜入して忍びばたらきをしたほどだし、小田原城へも何度も入って城郭のしらべをおこなっている。秀吉の九州攻めにも同様の活躍をしめしたほどの女忍びである。

諏訪曲輪《すわぐるわ》の内濠から三の丸へ入ると、そこが山岸主膳之助の屋敷だ。

小出寅松が住む長屋は前に、一度、ひそかに訪問したことがある。

星空が凍りついたような夜であった。

お万喜が台処の屋根へ猫のように飛び上り、明かりとりの窓から潜入した。

下僕や下女は昼間の疲れで眠りこけている。

土間から裏廊下へ、お万喜は空気のようにゆれうごいて行ったが、

（あ……）

寅松の寝所の前まで来て、息をつめた。

淡い燭台の光が、寝所の中でゆらめいていた。

たくましい寅松の裸体の下で、正子があえぎをたかめている。

その、あえぎを耳にしただけで、

（あの女、身ごもっているな）

と、お万喜は知った。

やがて、夫婦の愛撫がやみ、正子が廊下へ出て来た。

すぐ目の前の闇に、お万喜がひそんでいるのも知らず、正子は寝衣をつくろいながら、厠《かわや》へ入って行った。もりあがった若々しい乳房の一部が、この寒い夜ふけなのに汗で光っているのをお万喜は見て、胸のうちで舌うちをした。

正子と入れちがいに、寝間へすべりこんで来たお万喜を見て、寅松は苦笑し

た。

「知っていたが、やめるわけにも行かなんだ、お万喜どの」

「とくと、見とどけたわいの」

「弄《いろ》うな」

「では、待っているぞよ」

「心得た」

正子が戻って来る間に、すばやくささやき交し、お万喜が廊下へ出、正子が寝間へ入るのを見すましてから、台処へ、そして屋根へ戻る。

しばらくして、小出寅松が屋根へ上って来た。

「女は寝入ったかえ？」

「うむ。ところで、何か急な……？」

「いや……それよりも城内の絵図を受けに来た」

「心得た」

寅松は、手にしていた分厚い書状をわたし、

「城外、城内の戦備、すべて、その中にしたためてある」

いささかも寅松の様子には、以前と変わるところがない、とお万喜は感じた。

「ところで、寅松」

「何か」

「この城の北条氏邦は、小田原籠城に反対じゃそうな」

「うむ。小田原でも、その気になったらしい」

と、寅松のこたえには渋滞がない。

「それは、どういうわけじゃ。もとより、小田原の氏政は籠城の決意かたく……」

「なれど、氏邦の意見に押し切られたらしい。と申しても、まだ、はっきりと決まったわけでもなく、このところ、氏邦は鉢形へも戻らず、小田原へつめ切りで籠城反対を叫びつづけているのだ」

寅松は、ありのままをいっている。だから声に、言葉に、嘘のにおいはみじんもない。お万喜もすぐれた忍びだけに、それがよく感じられて、

「やはり、弥平次の思いすごしか……」

むしろ安堵のおもいであった。寅松ほどの忍びを甲賀から失いたくはない。

お万喜は、もしも、というとき寅松を殺すつもりでここへ来たわけだが、

「では、いずれな……」

屋根から消えて行った。

寝所へ戻ってから、小出寅松は、ひとり微苦笑をもらした。

(お万喜ほどの忍びに、おれは勝った。勝つ道理だ。ありのままをつたえているのだものな)

山岸主膳之助のいう通りにしたまでである。

「鉢形の城なぞが、いくら戦備をかためたところで、今度の戦さの役には立たぬ。甲賀にさぐらせたければ、いくらでもさぐらせてしまえ」

と、いうのである。

「このたびは、北条方のすべてが小田原を中心として敵に当るより他に道はないのだ。殿はもう鉢形を捨てて小田原へ入るおつもりじゃ。そして敵の機先を制し、沼津・富士川のあたりまで陣を進め、攻め寄せる敵軍を、こなたも全軍をあげて喰いとめ、蹴散らしてくれる。血を血で洗うすさまじい戦場の中にこそ、秀吉に兜をぬがせる機が見出せるのじゃ。小田原の本城は老公(氏政)ひとりにお

まかせしておけばよい」

　その戦闘にこそ、すべてがあるので、鉢形城なぞは、むしろ問題にすべきではない。教えることがあれば、いくらでも教えてやれ、と主膳之助は笑った。

　お万喜は、この夜のうちに鐘打山へのぼり、寅松がよこした図面や、山中俊房あての書状を弥平次に見せた。

　弥平次は、子細《しさい》に検討した上で、

「それがしの思いすごしでござるような……」

　といい、

「それにしても、つい先頃までの山岸主膳之助と寅松の様子は、只事ではないような気がいたしたので……」

「どういうことじゃ」

「いや……寅松が主膳之助を見る眼の中に、畏敬《いけい》の心があったように思われたのでござる。忍びが敵をおそれ敬《うやま》うことは、これまでの例にもあるごとく、裏切りの第一歩……」

「もう、よろし。で、近ごろの寅松は？」

「それがさ。ふしぎに元の寅松の眼の色になり申した」

「それ見よ」

弥平次は、右の小鼻にある大豆の粒ほどの大きなほくろをぴくぴくさせながら、つぶやくようにいった。

「それがしのあやまりで、あった、やも知れぬ」

「ともあれ、私が見とどけたことじゃ、安心しなされ」

「心得た」

三日後、お万喜は百三十里余を走って甲賀へ着き、寅松の書状その他を山中俊房へ見せた。

「これで、うたがいは、はれたな」

俊房も満足そうにいったが、

「じゃが、籠城せぬとなれば、こなたも手を打たねばなるまい」

「急がねばなりませぬ」

「よし。では、すぐにこれから大坂へ飛んでくれい」

「はい」

俊房は、大坂城内にいる〔又従兄弟〕の山中長俊へ密書をしたためた。

山中長俊は、密書を読み終えるや、

「お万喜。北条氏邦に負けぬほどの勢力《ちから》をもつ北条方の重臣はたれかな？」

お万喜は、にこりとして、

「いろいろとござりますが……、先ず、松田憲秀《のりひで》などはいかがでござりましょうか？」

と、いった。

そして、年の暮れぬうちから、小田原城外・箱根宮城野の砦へ詰めている松田尾張守憲秀へ豊臣秀吉の意を体した密使〔甲賀忍び〕が飛んだ。

そして、翌天正十八年の年が明けるころ、早くも松田憲秀の心がうごきはじめている。

つまり、

「伊豆、相模の両国をあたえるほどに……」

という秀吉の〔さそい〕に乗りかかったのである。

果然、正月二十日に小田原城でおこなわれた最後の作戦会議において、

「箱根の険より外に出て戦うなど、もってのほかのことじゃ。先ず箱根をかためれば当分の間、敵は手も足も出まい。しかも、この小田原には年余の兵糧、武器弾薬がたくわえてある。海内《かいだい》一ともいうべき小田原の城には箱根の要害があることを忘れてはなりますまい」

にわかに、北条氏邦へ反発しはじめた。

松田憲秀派の重臣も、これに賛意をあらわし、何よりも、この憲秀の言をよろこんだのは、北条氏政・氏直父子であったという。

いままで、氏邦の熱意と闘志に引きずられたかたちであった他の重臣たちも、次第に動揺しはじめた。

夜が明けるころ、北条氏邦は憤然として鉢形城へ帰って行った。

軍議は、籠城と決したのである。

五

二月一日に豊臣秀吉は諸将に動員令を下し、一カ月後に京都を発し、早くも四月三日には豊臣軍は箱根を抜いて小田原城を包囲した。

「それ見よ、いわぬことではない」

箱根・山中城が豊臣軍のものとなった報に接して、鉢形の北条氏邦は、

「こうなっては、もはやどうにもなるまい。なれど、敵の囲みがととのわぬうち、こなたも全軍をまとめて打って出れば、まだ、のぞみもあろう」

降伏が厭《いや》なら、どこまでも戦うべしという積極さを、まだ氏邦は捨てていない。すでに、前田利家、上杉景勝などの豊臣軍が上州・松井田まで迫って来ているので、氏邦は城主の責任から鉢形を出るわけにも行かなくなっていた。

そこで、久長但馬守と山岸主膳之助に五百の部隊をあたえ、

「小田原へ駈けつけ、わしの意をつたえると共に、鉢形勢の意気込みを本家のものどもへ見せてやれ」

と、命じた。

これが四月三日の夜ふけであった。

山岸主膳之助は、小出寅松をよび、

「おぬしは、いかがするな?」

と、きいた。

「お供つかまつる」

寅松は言下にこたえた。

「この戦さには、もはや勝目はないぞ」

「はい」

「おぬしにとっては何の益もないことだ、おれと共に死ぬることは――」

「では、どうせよと？」

「おれが指図することではない、おぬしがきめることではないか」

「はい」

「甲賀へ戻るか？」

「ま、そのことは小田原へ着いてからで、よろしゅうござりましょう」

寅松は、ふてぶてしく笑った。むろん、小田原で死ぬつもりはない。そればかりか、山岸主膳之助も、むざむざと死なせたくないのだ。父を討った男なのに、そのうらみを少しも感じない寅松なのである。

戦国のころの人間の血は熱い。自分の夫の敵を討ちに出かけて、その敵の男を好きになり、ついに夫婦となってしまった武家の女もいたほどで、まして忍び同

士の決闘によって敗れた父なのだから、少しも不名誉ではなく、

（主膳之助ほどの男に討たれたのなら、父も満足だったろう）

なのである。

甲賀の忍びと知りつつ、堂々と胸をひらき、むすめまであたえた度量のひろさに、寅松は胸をうたれたのだ。

主膳之助のためになら死んでもよい。ということは、これほどの武士を腰ぬけの北条氏政なぞと〔心中〕させるべきではない、との思案につながるのである。

主膳之助や鉢形の殿（氏邦）の主張が通って戦野に豊臣軍を迎え撃つというのなら、

（それも面白い）

なのだが、ろくな戦闘もせずに籠城し、みすみす秀吉の術中におちいるほどなら、自分も死にたくないし、主膳之助も死なせたくない。

ともかく、小田原へ向かう支度にかかりながら、

「案ずるな。父上は死なせぬぞ」

寅松は妻にいった。

翌四月四日の早朝、鉢形城兵五百は小田原へ向かった。

五日の夜に入って、相模の萱野まで来たとき、部隊は思いもかけぬ敵の襲撃を受けた。

徳川の将・榊原康政が千五百の部隊をもって待ち伏せていたのである。

月は無かった。

うわあ……。

突如、前方の木立、草むらから突撃して来た敵軍の喚声をきいたとき、

(しまった……)

寅松の脳裡をよぎったのは、鐘打ち弥平次の顔であった。

弥平次の小鼻のほくろが、にんまりと笑いかけたような気がした。

(弥平次が敵に知らせたのだ)

これであった。

小田原の近くでならともかく、このあたりに敵が出張って来る筈がなかったし、しかも待ち伏せて包囲されるというのは、

(やはり、弥平次にちがいない)

なぜ、彼の存在に気づかなかったのか……。

（おれとしたことが……）

寅松は唇を噛んだ。

あまりにも開放的な山岸主膳之助のいうままに、甲賀の忍びへ対処していたことが、この油断を生んだのであろう。

敵の槍が、刃が、馬が迫って来た。

怒号と悲鳴が飛ぶ。

闇の中を進んで来た二列縦隊の鉢形勢は、両側からの敵襲を受けて、寸断された。

寅松は、槍をふるって敵兵を叩きつけつつ、

「父上、父上！」

よんだが、闇でも見える彼の眼も、主膳之助をとらえかねた。

すさまじい混戦、乱戦である。

そのうちに、ふいと、小出寅松の姿が消えた。

この夜の戦闘で、山岸主膳之助の槍にかけられた敵は七名におよんだという。

尚も闘うとき、どこからか闇を切り裂いて飛んで来た槍の柄が主膳之助の両足へからみついた。

「あっ……」

たまらず倒れかかる主膳之助へ敵兵が飛びかかり、

「敵将じゃ。生け捕れい！」

と叫び、押し重なって、ついに捕縛し、榊原康政の陣所へ引立てて行った。

榎《えのき》の大木の上から、小出寅松は、このさまを見とどけ、

（うまく行けばよいが……）

と、祈った。

槍の柄を飛ばし、わざと主膳之助を敵の手にゆだねたのは、寅松である。

「引け、引けい」

鉢形勢は、大半が戦死し、残ったものが退却にかかり、戦闘の響音が遠ざかった。

（しずまったな）

寅松は榎の大木から草むらに飛び降りた。

血のにおいが、あたりにたちこめている。

「おい」

どこかで声がした。

「寅松よ。おぬしは、やはり寝返っていたのだな」

「弥平次か……」

「見たぞ。山岸主膳之助の命を助けたのを……」

「ふむ。言いわけもおぬしには利くまい」

「よい覚悟だ」

「おぬし、敵の道案内に立ったのか」

「ふン、そうか。きさま、豊臣方の勢《ぜい》を敵とよぶのか」

「ふむ。で、どうする」

返事のかわりに、弥平次が投げた車手裏剣が寅松を襲った。

闇の中で、二人の忍びの決闘が、いつまでもつづいた。

六

鉢形城は六月十四日に開城。城主・北条氏邦は剃髪《ていはつ》して、僧衣をまとい、前田利家の軍門へ降り、城兵は四散した。

氏邦が、ほとんど戦闘をまじえなかったのは、戦意のない小田原の本家に愛想をつかしたからである。

(あのような本家のために、家来共を死なせたくはない)

からであった。

そして、小田原も七月十日に落城をした。

その前に、こんな話がある。

豊臣方へ内応した、あの松田尾張守憲秀についてだが……。

憲秀の実子で左馬之助秀治《ひではる》というものが、父の内応を知った。

落城も近いと見て、父が、しきりと城外の豊臣勢と連絡をとりはじめたのを発見したのである。

左馬之助は或夜、名も知らぬ者からの書状を受け取った。朝、陣所で目ざめたらふところへ差し入れてあったのである。

「御父君の寝返りをごぞんじあるや、いかに――」

と、それだけのものであったが、左馬之助はふしぎに思いつつ、それとなく父の動向をさぐると、まさに内応の事実がある。

父の陣所へ、ひそかにやって来た豊臣方の密使が、父と密談をかわしているところへ飛び込み、

「父上。恥を知りなされ！」

叫んだ左馬之助は密使を斬り倒し、

「わが父ながら、このままにはすまさぬ」

と、わめいた。

松田左馬之助は北条氏邦派の主戦派であって、かねてから父・憲秀のしわざをこころよく思っていない。このことは北条方のだれもが知っていたことだ。

かくて、松田憲秀は小田原開城の五日前に息子から詰め腹を切らされてしまったのである。

松田左馬之助のふところへ手紙を投げこんだのは、小出寅松である。

あの夜、相模・萱野の夜戦があったとき、飯道弥平次と決闘し、自分も手傷をうけたが、ようやく弥平次を殪し、その死体を土中ふかく埋めこんでから、寅松はなにくわぬ顔で小田原城下へ潜入し、法城院へ入った。

城下といっても石垣山の裾にある法城院は、すでに豊臣軍の陣営と化しており、

「よう戻った」

さいわい心山和尚もいて、寅松は何くわぬ顔をして、またも甲賀の忍びに帰ったのだ。

お万喜もやがてあらわれ、

「弥平次が鉢形勢のうごきをつたえに来たが……それから行方知れずとなった。おぬし、知らぬか?」

と、きいたが、

「冗談ではござらぬ。私がその鉢形勢の中にいたのを、弥平次は見殺しにするつもりだったのか」

おどろいて見せると、お万喜も舌うちをもらし、

「年ばかりつんで、まだ弥平次には忍びとして足らぬところがある」

「いかにも」

このとき、寅松は、お万喜の口から松田憲秀内応のことをきかされ、いたずら心をおこして、松田左馬之助へ密使をしたのである。

さて——。

戦争は終わった。

北条氏政と、弟・氏照は切腹を命ぜられ、また、氏直は徳川家康の聟であるので、

「高野山へ放て」と、秀吉は命を助けた。

豊臣秀吉は、鉢形城の北条氏邦に対しては好意を抱き、

「氏邦の子・光福丸が十五歳になったあかつきには十万石をあたえよう」

といい、前田利家の金沢城内へ押しこめられている氏邦に対しても、

「本家の腰ぬけ共とは違って、武勇の男ゆえ、大切にあつこうてやれ」と命じた。

こういうわけだから、捕虜になった山岸主膳之助に対しても、

「徳川へつかえたらよい。わしが口きこう」

と、いい出し、家康が身柄を引きとることになった。

この小田原の戦後、徳川家康は秀吉から関八州の地をあたえられ、家康は江戸城へ入り、ここに徳川の江戸経営も第一歩を踏み出すことになる。

その後、山岸主膳之助は、江戸にあって町づくりにはたらいた。家康が彼にあたえた禄高は、七百石ほどだが、後年、主膳之助が病歿して、一子・勝千代が後をついだときには千五百余石。立派な徳川の旗本になっていた。

山岸の屋敷には、寅松の子を生んだ正子も引き取られていて、一年に数度、旅商人だの旅僧だのに変装をした小出寅松がたずねて来たものである。

寅松は、まだ甲賀の忍びとして生きていた。

小田原戦後は、頭領・山中俊房が徳川家康のためにはたらくこともあり、それは秀吉の無謀な〔朝鮮出兵〕の失敗を機にして、さらに度をふかめて行った。

甲賀は早くも豊臣の天下に見切りをつけたのである。

「いまは父上と共にはたらいているようなものですな」と、寅松はいった。

小田原戦のときの彼のはたらきは甲賀でも大いにみとめられ、

「あのさ中で、あれだけのさぐりをしたのは寅松、大出来じゃ」と、頭領はほめてくれた。

「これも父上のおかげのようなもので――」

寅松がいえば、主膳之助も笑って、

「おぬしも運のよい忍びよ。弥平次の口からもしも寝返りがもれたら、いまこうして、妻や子に会うこともなるまい」

「まったく――弥平次から声をかけなんだら、あのとき、あの男を殪《たお》すことも出来ませんでした。甲賀にとっては私などより、弥平次のほうがどれだけ役に立っていたか……」

山岸主膳之助が慶長七年に六十二歳で歿するころ、天下は名実共に徳川のものになりかけていた。

さらに、大坂戦役によって豊臣家が完全にほろびた後、小出寅松は甲賀をはなれ、またも名を上田十右衛門とあらため、徳川につかえたという。

ときに、彼は四十をこえていたが、ここにようやく、正子と一子・松之助と共に暮せるようになったわけだ。

その後の、小出寅松あらため上田十右衛門の〔忍びばたらき〕については、まだ面白い話もあるが、どうやらちょうどゆるされた原稿の枚数もつきた。

忍びの中にも、彼のように妻子と家庭を得て長生きをしたものがまだかなりいるようである。

舞台うらの男

一

服部小平次《はっとりこへいじ》の父は、宇内信重《うないのぶしげ》といい、播州《ばんしゅう》・赤穂《あこう》五万三千石、浅野家につかえ、ながらく京都屋敷につとめていた。

だから、小平次は京都で生まれ、育ったわけである。

のちに、江戸屋敷へうつることになったときには、

「ああ、いやらし」

と、小平次は町人ことばをまる出しにし、夫の転勤をいやがる現代の新妻のように身をもんで、

「京をはなれて、さわがしい江戸へ行くほどなら、わし、腹を切って死んだほうがましや」

などと、大いになげいたものだった。

むりもない。

殿さまの御城がある赤穂の国もとや、藩邸とはちがい、京都屋敷は、まことにのんびりとしたものである。

国もとが浅野家の本社なら、江戸、大坂、京都などの藩邸は支社ということになるだろうが、社長である殿さまは、めったに京都へは来ることもない。

そのかわり、天下泰平の世の中に、家来として腕をふるうチャンスもないし、したがって、出世の階段へ足をかけるきっかけもつかめぬというものだ。

「わし、そないなことは、どうでもええのや」

と、小平次は、ただもう、ひたすらに京の町と人から、はなれたくなかったのである。

もともと、小平次は家を継げる身ではなかった。

平太夫《へいだゆう》という兄が、いたからである。

この兄は、少年のころから学問も剣術もよくでき、藩の重役から見こまれ、早くから親の手もとをはなれて国もとの赤穂の城へ出仕し、殿さまの小姓をつとめたほどのしっかり者だった。

こういう長男がいると、父母も、

（わが家には立派な後つぎができた）

何か安心してしまい、末っ子の小平次に対しては、どうしても甘い育てかたをするようになる。

「じゃが、小平次もさむらいの家の子ゆえ、あまりに町家の子どもたちとまじわるのは、いかがなものかな」

「はい。よう申しきかせてあるのでございますけれど……」

と、これは父母の声である。

浅野家の京屋敷は〔仏光寺《ぶっこうじ》通り東洞院《ひがしのとういん》東入ル〕ところにある。

付近には町家が多い。

屋敷内には、家来の子弟もいるわけだが、小平次の遊び友だちといえば町家の子供ばかりといってよい。

おさだまりの学問、剣術のけいこから帰りみち、小平次は町家の友だちの家へ立ちよっては遊んできた。

小平次は、生まれつき器用だったらしく、十歳のころに、

「これ、母さまがおつかい下さい」

ま新しい有明行燈《ありあけあんどん》を外から持って帰った。

「何かえ?」

見ると、その行燈は、朱ぬり丸型のもので、台には引出しまでついており、把手《とって》の一隅《いちぐう》には精巧極まる木彫りの蜻蛉《とんぼ》が一つ、とまっているではないか。

「ま、みごとな細工ですこと」

「さようですか、うれしいな」

「このようなものを、どこで、お前は……?」

母の喜佐が問うや、

「へヘン……」

小平次が、ひくい鼻をうごめかし、何やら得意げだった。

「どうしました、小平次」

「その行燈は、わたくしがこしらえました」

「え……? まさか……」

「ほんとうです」

「冗談をいうものではない。細工といい塗りといい、こりゃもう立派な職人の手になるものではありませぬか」

「つくるのに一月もかかってしまいました」

それぞれの家業をもつ遊び友だちの家で道具を借り、材料をもらって製作したのだと、小平次はいいはる。

不審におもった母が、翌日になって、藩邸近くの〔よろずや勘助〕という塗師《ぬし》をたずねると、

「いつもいつもうちのせがれめが坊《ぼ》ンさまのお遊び相手をさせてもろて……へい、もったいないことでござりまする」

あるじの勘助は、恐縮しながらも、

「なんとも、坊ンさまのお手さきの器用さには、びっくりいたしております。へえ、そりゃもう、坊ンさまがおひとりで、あの行燈のうるしをお塗りになりましたんどす」

と、こたえた。

おどろきながらも母親はいくらかの礼をわたし、次に、烏丸《からすま》五条の彫物師を訪問すると、

「せがれのところへお見えになりましたとき、坊ンさまは、わたくしどもの仕事を、じいっと見ておいでになりましたんどすな。そのうちに、鑿《のみ》のつかいかたを教えろ、かように申されまして……」

あるじは、身分ちがいにて恐れ入るが、もしも小平次が町家の子だったら内弟子にもらいうけたいほどだとほめそやした。

以来、十数年の間に、こうした例はいくらもあり、書いていたらキリがない。

さらに小平次は、古道具屋や刀鍛冶《かたなかじ》、表具師などの家へ入りびたって少しも倦《う》むことを知らぬ青春を送ったらしい。

「もはや、匙《さじ》を投げました」

と、母がいえば、

「どうせ、家督も出来ぬ身のかわいそうなやつじゃ。好きなようにさせておけ」

父が、こたえた。

二

小平次、二十歳《はたち》をすぎると、いろいろの工芸品や刀剣の鑑定もやるようになった。

人形や、種々の細工物をみずからこしらえ、

「へえ、こりゃまた美事《みごと》なモンどすな。わたくしの店で引きとらせてはいただけませぬか」

「よいとも」

というので、これがよく売れるようになった。

だが、そうした製作は幼友だちがいる、〔よろずや〕方の一室を借りておこなうのだから、別に藩邸へめいわくをかけない。

とにかく、冷めし喰《く》いの次男坊にしては、小づかいも充分というわけで、女あそびもさかんなものだった。

鼻はひくいが色白で、すらりとした体つきの服部小平次は愛嬌《あいきょう》たっぷりな双眸《め》をかがやかせつつ、よく昼あそびに伏見へ出かけたものだ。

伏見・撞木《しゅもく》町の廓《くるわ》は、慶長のころにもうけられたもので、京の島原のような上級のものではなく、格も、遊女の質も一段二段と下った遊廓《ゆうかく》だった。

それだけに、

(気もおけぬし、京の市中《まちなか》から三里もはなれているところが何より、何より)

と、小平次はここへ来て、ゆるりと昼あそびをやり、夕暮れまでにはきちんと藩邸へもどる。

したがって、

(御物奉行のせがれどのは、変り物だ)

という評判はあっても、彼が遊蕩《ゆうとう》することを知るものはいない。

それは、貞享《じょうきょう》二年夏のある日のことだったが……。

(少し暑いが、ひと汗かくかな)

久しぶりで、小平次は撞木町へ出かけて行った。

行きつけの〔しまや〕という妓楼《ぎろう》は廓内のはずれにあり、二階から田圃《たんぼ》が見わたせる。

「もう十日もお顔を見なんだえ。ええ、もうつれない小平次さま……今日は夜まで帰しゃせぬわえ」

なじみの小徳《ことく》という遊女が金ばなれのよい小平次のくびへもろ腕を巻きつけ、他《ほか》の客にはゆるさぬくちびるをおしつけてくる。

「小徳。汗ぬぐいの手ぬぐいを三つ四つ、冷たくしぼってこいよ」

小平次は、女としたたかにたわむれ〔しまや〕を出たのが八ツ半（午後三時）すぎだったろうか。

（まだ、匂《にお》うな）

出るとき、ふろ場で水をあびてきたのだが、着ている帷子《かたびら》のふところから、小徳のつけていた白粉《おしろい》の香がただよい出て、小平次の鼻腔《びこう》をくすぐる。

（今日は小徳め、あられもなく、みだれおったな）

にやにやしながら編笠《あみがさ》をかぶり、通りを曲ったとき、小平次は向こうからきた男の足の甲を踏みつけてしまった。

「何さらす」

三人の仲間をしたがえ、どなった男を見ると、これは淀川《よどがわ》下りの船頭たちの中でも〔暗物船頭《くらものせんど》〕とよばれる、荒くれ男ばかりの性質《たち》のよくないやつどもである。

「やい、さむらい、足ふんで、だまって通る気イか」

「や、これはかんにん、かんにん」

小平次は腕に自信がないから、にっこりと頭を下げ、いくらかの銭をやって切りぬけようとしたが、

「ふン、これでもさむらいかえ」

「ひとつぶちのめしてやれ」

「そりゃ、ええな」

なぐりつけておいて財布ごと強奪しようというつもりになったらしい。

「やい‼」

いきなり、一人が小平次の胸ぐらをつかんでふりまわしかけたが、

「げえッ……」

急に、そやつはがくりとひざを折り、へなへなと倒れ伏してしまった。

なぐられるつもりで、閉じた眼《め》をひらいた小平次の前に、これも編笠をかぶった武士が背を見せて、

「去《い》ね」

ものしずかに船頭どもへ声をかけた。

「畜生め‼」

と、だまっているような彼らではない。

三人が、どっと殺到して来るのへ、その武士は我から進み、

「や‼」

みじかい気合を発したとき、

「きゃあ……」

「う、うう……」

どこをどうされたものか、船頭ふたりが、たちまちに転倒し、残るひとりが何か刃物をふところから出して、わめきながら突っこんで来たかと思うと、

「わあっ……」

そやつは、大きく宙に舞って投げ飛ばされ、いやというほど地面へ叩《たた》きつけられてしまった。

「去ね」

と、武士がいう。

何ともすさまじい早わざを見せておいて、呼吸のみだれが少しもない。

〔暗物船頭〕たちは、当身をくらって気絶をした二人を、別の二人が引きずるよ

うにして、こそこそと逃げ去った。

「これは、これは、危うきところをお助け下さいまして……」

人だかりもしているが逃げ出すわけにもゆかず、小平次は笠をとって礼をいい出した。

すると、編笠の武士が、

「何だ、服部小平次ではないか」

「え？　あなたさまは……」

いきなり、武士が小平次の腕をつかみ歩き出した。

裏道へ来てから、

「わしじゃ」

その武士が笠をとり、微笑をうかべている顔を見せた。

「あっ……ご、御家老さま」

さすがの小平次も青くなった。

厄介者《やっかいもの》の次男坊が昼あそびをしていることさえけしからぬのに、さむらいの身で船頭ふぜいの手ごめにあおうとしたのである。

（こりゃ、ただごとではすまぬ。おれはともかく、父の身にもしものことがあっては……）

青くなるのも、むりはなかった。

相手は大石内蔵助《おおいしくらのすけ》といって、浅野家の国家老をつとめ、赤穂の国もとにいるが、年に一度は京へ出て来る。

これは公用のためばかりでなく、内蔵助の生母の熊子《くまこ》が京都に住んでいて、このきげんをうかがいに来るのだ。

このとき、大石内蔵助は二十七歳で、服部小平次より四つの年長だった。

大石家老が昨日、京都屋敷へついたことを知らぬ小平次ではないが、まさかに、このような場所へあらわれようとは思いもかけぬことだったし、あのような手練のもちぬしだとは考えてみたこともない。

「ここへは、なじみか？」

と、内蔵助がいう。

「はっ……いえ、その……」

内蔵助の年齢にふさわしくない、ぼってりとした小柄《こがら》な肥体が近よって来て、

「なじみか、ときいておるのだ」

「ひらに、おゆるしのほどを……」

「ふン……」

と、内蔵助が鼻で笑った。

ふっくりとした顔つきは若々しく、鳩《はと》のように、まるみをおびた可愛《かわい》らしい眼つきをしている。

おそるおそる、小平次が、

「御家老さま、ここへ……」

「ここへ来る用事は、きまっておるさ」

「な、なれど、このように低俗なる場所へ……」

「女を抱くには、気のおけぬ所ほどよろしい」

ぽかんと口をあけたままになっている服部小平次の肩を扇でたたき、内蔵助が、さらにおどろくべきことをいった。

「この近くの墨染寺《すみぞめでら》門前にも、近ごろ遊所ができたそうだな」

「は……」

「行って見たか？」

「いえ、もう、あそこは、ここより低俗にて……」

「それもおもしろい。よし、これから墨染へ行ってみよう。おぬしも来いよ」

「な、なれど、それは……もはや御屋敷へもどりませぬと……」

「わしがうけ合う。案ずるな」

内蔵助は四日ほど、京の藩邸に滞在し、小平次を供にしては遊びまわった。

翌年の春にも来て、

「小平次。どこぞ、めずらしいところを見つけておいたか？」

といえば、もう小平次は欣然《きんぜん》として、

「おまかせ下さい」

胸を張った。

国もとでの、大石内蔵助の評判は、

〔昼あんどん〕

と、うわさをされるほどで、城へ出て来てもひまさえあれば居眠りばかりしており、政務は他の重臣たちのするにまかせているらしい。

それでいて、別に失敗も見せぬので、

「人物が大きいのじゃ」

などと、小平次の父・服部宇内や、宇内の上役の小野寺十内などは、しきりに内蔵助をほめている。

小平次は、それほどえらい人物と考えてもみなかったが、内蔵助の供をして廓あそびをするうちに、別の意味で、

「大したお人だ」

舌をまいた。

下等な遊所の中の、低俗なる遊所の中から、内蔵助は「これは――」と、目をみはるような女を見つけ出して遊ぶのがうまい。

また、そうした女たちは二人を見くらべると、手もなく小平次を振って、内蔵助へ寄りそってしまう。

「御家老にはかないませぬな」

くやしがるどころか、小平次はうれしくてならない。

口数は少ないが、女たちに取巻かれた内蔵助が、にこにこと酒をのんでいる

と、座敷いっぱいに春の陽光がみなぎりわたるような雰囲気《ふんいき》になってしまうのだ。

遊び好きの小平次には、それが、たまらなくたのしかったのである。

「人に知れるとうるさいゆえ、ふたりの遊びはふたりだけの遊びにしておこうな。もっとも念を入れるにもおよぶまいが……」

と、内蔵助は小平次にいった。

この年の秋――。

小平次の兄・平太夫《へいだゆう》が赤穂《あこう》で死んだ。

疫病《えきびょう》にかかり、あっけないほどの急死だった。

さらに、年があらたまった貞享四年正月に、今度は父の宇内が死んだ。いまでいう心臓麻痺《まひ》である。

こうなると、いやでも小平次は服部の家をつがねばならぬことになった。

三

小平次は服部家の当主となり、名も亡父の宇内をついだのだが、このものがたりでは前名のままで、はなしをすすめたい。

家をついだとたんに、

「江戸屋敷詰めを申しつける」

と、殿さまからの命が下った。

江戸へ転勤となったわけだ。

「ああ、いやらし」

と、小平次がなげいたのは、このときである。

すると、赤穂から大石内蔵助が急便をよこした。

その手紙には、

「……自分に考えがあって、おぬしを江戸へやるようにはからったのだ。少しの間、辛抱をして奉公にはげむように」

と、したためてある。

内蔵助が小平次について何を考えていたものか、はっきりはせぬが……。

どちらにしても家をついだからには、京の藩邸にいて希望もないかわり不足もないという一生をすごすよりも、まず、江戸藩邸へ送って小平次のはたらきをためしてみよう、というようなつもりであったのだろう。

こうなれば、転勤が厭《いや》だといっても通る武家の世界ではない。

主家の命令は絶対のものだ。

服部小平次は、いやいやながら、母をともない、江戸屋敷へ向かった。

江戸藩邸で、小平次は〔江戸番頭《ばんがしら》〕の支配下へ入った。

江戸と京都とのちがいはあるにせよ、これは亡《な》き父の役目より低い。

母は、なげいたようだが、

（こりゃ、このほうが気らくだな）

むしろ、小平次はよろこんだ。

あまり責任がない役目だったからである。

そして……。

江戸の水になれれば、これもまた、おもしろかった。

優雅な京の都にくらべ、はじめは雑駁《ざつぱく》きわまると見ていた江戸市中の活気にみちみちた繁栄ぶりも、

（さすがは、将軍おひざもとだな）

次第に、小平次の眼が生き生きと光りはじめた。

小平次は藩邸内の長屋（四間）の一室に、京でつかっていた細工物の道具をおき、非番の日はここにこもりきりで、まず自分がつかう机や見台《けんだい》を製作しはじめた。

そのうちに、市中の細工師や、工匠や古道具屋などに知り合いが出来ると、京都でのように、やがて小平次のふところに内職の金も入るようになる。百五十石どりのれっきとした藩士で、若党、小者、下女などを合せ六人の主人である服部小平次なのだが、好きにつかえる小づかいが入れば、それだけ、たのしみもふえる。

決してこれをためこもうとするのではなく、入れば入るだけ、きれいにつかい果すのだった。

京におとらず、江戸の遊所もさかんなものである。

自分の遊びが勤務のさしつかえにならぬように、小平次は藩邸の足軽《あしがる》や中間《ちゆうげん》にまでも要領よくたちまわり、同僚との交際にも気前よく、つかうものをつかう。

たちまちに、一年がすぎた。

元禄《げんろく》元年の夏――。

突然に、大石内蔵助が江戸へあらわれた。

「どうだな、御奉公は？」

「はあ、はげみおります」

「ところで、小平次」

「はあ？」

「どこか、おもしろいところを見つけたかな」

「おまかせ下さい」

「わしも六年ぶりの江戸だ。それにな、小平次。国家老でありながら、何かと用事にかこつけ、京や江戸へ出て来るので、実は、殿さまのごきげんを損じてしもうた。これが江戸の見おさめのつもりなのだ」

「それは、それは……」

「なれど、おぬしには、いずれ赤穂へ来てもらうつもりでおる。もっとも国もとには、おもしろいところはないが……」

出府して二日後に、大石内蔵助は服部小平次の案内で、谷中《やなか》の〔いろは茶屋〕へ昼あそびに出かけた。

ここは、現在の上野公園の裏の、天王寺門前にあって茶屋は二十七軒。ひらかれて年も浅い遊所であるし、茶汲女《ちゃくみおんな》が色を売るところは、ちょっと京でのそれに似てもいる。

「ところがら、坊主《ぼうず》の客が多いそうで……なれど、女はよろしゅうござる」

小平次のいう通りだった。

内蔵助はむきたての玉子のような若い女《め》を見つけ出し、大いに堪能《たんのう》したらしく、夕暮れとなって藩邸へ戻《もど》る道にも、

「あれはよい。フム、あそこはよろしい」

の連発なのである。

「明後日も共にまいろうな、小平次」

「こころえました」

ところが当日となり、非番の小平次は、朝から内蔵助の呼び出しを待っていたが、何の沙汰《さた》もない。

（急な御用でも出来《しゅったい》いたしたのかな？）

いらいらしていると、夕刻になって、

「大石様がお呼びでございます」

と長屋へ声がかかった。

場所は、藩邸内の用部屋である。

いそいそと出かけた。

内蔵助は、用部屋の中に一人きりで、しかも紋服・裃《かみしも》の礼装をつけ、厳然として、

「これへ」

白扇をもって小平次をさしまねく。

「はっ」

いままでに見たこともない大石内蔵助の威容だった。鳩のような両眼が三倍ほども大きく見え、ひきむすんだ口もとのきびしさに、小平次は圧倒された。

（いったい、何ごとなのか……？）

おどろきつつ、頭を下げるのへ、内蔵助が、おごそかにいった。

「小平次、ようきけ」

「はっ」

「人のうわさ、世のうわさというものが、うわさされている本人の耳へとどくまでは、かなりの間がある。わがうわさをきいたときには、もはや取り返しのつかぬことがあるものだが……いまから、わしが申すことを、おぬしはまだ知るまい」

「は……？」

「おぬし、この春ごろに、無地赤銅《むじしやくどう》に竜《りゆう》を彫ったる小柄《こづか》を手に入れ、これを、みずからの手にて細工をほどこし、後藤祐乗《ごとうゆうじよう》の作と称し、金五十両にて売ったそうだな」

小平次は声も出なかった。

その通りなのだ。

後藤祐乗は、むかし足利《あしかが》将軍につかえたほどの彫金家である。

小平次が、その赤銅の小柄を市ケ谷の道具屋で見つけたとき、

(たしかに、これは祐乗の作だ)

と、見きわめをつけ、

「いくらだ？」

きくと、道具屋の主人は、まさかに祐乗作とは思わぬので、

「三両でございます」

「よし、買おう」

しかし、小平次には確信があった。

彼は二カ月もかかり、この小柄に細工をほどこし、日本橋室町の刀屋〔岩付屋《いわつきや》重兵衛《じゅうべえ》〕方へ持ちこんだのである。

ゆらい、祐乗の作には銘がない。

「何と見るな？」

すでに懇意となっていた岩付屋重兵衛へ出して見せると、ややあって、

「たしかに祐乗作でございますな」

一も二もなく、五十両で買いとってくれたのだ。

つまり小平次は、道具屋の眼から見て祐乗作と思えるような細工をほどこしたわけであるが、

（まさに祐乗作なのだから、わるいことをしたわけではない）

と、考えていた。

だが、このことを、だれが知ったものか……。

それをたしかめる間もなく、

「ふとどき者め‼」

いきなり、大石内蔵助《くらのすけ》に叱《しか》りつけられた。

「は……なれど、たしかに祐乗作でございます」

「たしかなれば、なぜに細工を加えた？」

「ちょっと衣裳《いしょう》を着せましたまでのこと……」

「よし。そこまで申すなら、おぬしの目利《めきき》をよろこぼう。なれど、武士には士法あり。主君につかえて禄を食《は》む身じゃ。きさま、百五十石を食んで諸人の上に立つ身でありながら、そのような利益を得て、さだめし、おもしろかろう」

「………」

小平次は不服である。

大石だって千五百石の家老職にありながら、そっと安い娼婦《しょうふ》を買いあさり、色事にうつつをぬかしているではないか。
内蔵助は、ゆるさなかった。
「今後、細工などの手なぐさみは一切無用である。もしも、がまんがならぬとき
は退身《たいしん》をして道具屋となれ‼」
ぴしりと、きめつけられた。
昨日までの、あの親しさを全く忘れたかのような、内蔵助の苛烈《かれつ》な態度に、小
平次も逆上してしまった。
思わず、
「よろしゅうござる。それがし退身つかまつる」
と、叫び返してしまった。
すると、打てばひびくように、
「よろしい、たしかにきいたぞ、これより殿さまに申しあぐる」
あっという間もなかった。
大石内蔵助は、さっと座を立ち、たちまちに奥へ消えた。
服部小平次は、有無をいわさず辞職させられてしまったわけだ。

いのである。

むろん母親はなげき悲しんだが、どうにもなるものではない。武士に二言《にごん》はな

小平次も怒り、ふてくされ気味で長屋へ帰り、母に報告をした。

（か、勝手にしろ）

こうして小平次は浅野家を退身し、やがて、池《いけ》の端《はた》仲町に道具屋の店をひらき、名も〔鍔屋家伴《つばやいえとも》〕とあらためた。

いよいよ、天下晴れて、細工や鑑定が出来る。何しろ腕も目も抜群の彼であるから、三年もたつと商売の間口をひろげ、十人もの奉公人をつかうほどになった。

「母上。私が両刀を捨てて、かえってようございましたろう」

「ほんにな。町家ぐらしが、このように気らくなものとは思うてもみなかったことじゃ」

と、母の喜佐も、よき嫁と孫たちにめぐまれ、まんぞくしている。

母は、元禄十四年正月六日に、五十八歳の生涯《しょうがい》を終えた。

この年の三月十四日——。

小平次の旧主人・浅野内匠頭《たくみのかみ》が、江戸城中・松の廊下において吉良上野介《きらこうずけのすけ》へ刃傷《にんじょう》におよび、江戸市中は、このうわさでわき返ったが、

（内蔵助め、とんだことになって、さぞ頭が痛いことだろう。よかった、あのとき武士をやめていて……）

小平次は別だんの感慨もなかった。

四

浅野家がほろびて後の、いわゆる〔赤穂《あこう》浪士〕については、くだくだしくのべるまでもあるまい。

小平次は、この事件に関心をもっていたわけではないが、商売がら諸方の大名や旗本の屋敷へ出入りすることが多く、いやでも、赤穂浪士のことが耳に入ってくる。

さいわいに、江戸へ来て間もなく武士をやめた小平次だけに、彼が、もと浅野の家臣であったことは、ごく少数の人々にしか知られていない。うわさをきいても、だまっていればすむことだった。

その年の夏になると、大石内蔵助が旧藩の残務を終え、一個の浪人となり、妻子と共に京の山科《やましな》へ隠宅をかまえたことを小平次は知った。

さらに——。

内蔵助が、故内匠頭の弟・浅野大学をもって主家の再興を幕府へ願い出ていることもきいた。

幕府にしても〔喧嘩《けんか》両成敗《りょうせいばい》〕の掟《おきて》を無視して吉良上野介の肩をもったのだから、

（それ位のことはしてやってもよいのだが……）

と、小平次は思っていたし、

（なるほど、内蔵助のねらいも、そこにあるのだな）

と、なっとくがいった。

秋になった。

小平次は商用のため、急に京都へ出向くことになった。

けれども、ついでに山科へ大石内蔵助をたずねてみようなどとは考えてもみなかった。

あのとき、用部屋に呼びつけられ、高びしゃに叱りつけられ、強引に退身させられたときのくやしさが、まだ胸の底によどんでいる。

京都へ着いた日の翌日だった。

三条・加茂川《かもがわ》べりの宿屋で、おそい朝飯をすますと、まず商用よりも、

(むかし、暮していたところは、どうなっているかな？　幼友だちも、みな大人になって、どのような面《つら》つきになっているかな)

小平次は宿を出るや、ふらふらと旧浅野藩邸へ足が向いた。

十五年ぶりなのである。

いまは人気《ひとけ》も絶えた旧藩邸門前に立ったとき、

(町の様子も、屋敷の門も塀《へい》も少しも変っていないな。おれが父母と共に苦労した長屋もそのままだろうか……中に入ってみたいものだが……)

さすがに、懐旧の情にかられ、かなりの間を、門前から塀をめぐり、また門前へ戻ったりして、立ち去りかねた。

と……。

小平次の肩に人の手がふれた。

振りむいて小平次が、

「や、御家老……」

「久しぶりだの」

大石内蔵助だった。

「京へ来ているのか?」

「はあ……」

「ふと、ここを通りかかって、おぬしに逢《あ》えた。どうやら元気そうな……」

「………」

「ふ、ふふ……おぬし、まだ怒っているのか、あのときのことを」

おもしろくもなさそうな顔をしている小平次を見やった内蔵助は着流しの姿で、編笠《あみがさ》を手にしている。

小平次へ向けられた内蔵助の眼《め》のいろは、むかし、撞木町《しゆもく》の廓《くるわ》で見せたときの親しみをこめたものだった。

「どうじゃな、小平次」

「何がで?」

「やはり、あのとき、武士の世界から足をぬいておいてよかったであろう」

この、やさしげな内蔵助の声をきいた一瞬に、小平次の脳裡《のうり》を電光のようによぎったものがある。

（そ、そうだったのか……）

五

後に、赤穂浪士の一人、横川勘平から小平次がきいてわかったのだが、あのときの藩邸内の評判は、小平次が祐乗作の小柄を売った一件を頂点として、あやうく殿さまの耳へも入りかねないところだったらしい。

知らぬは小平次ばかりで、内職の小づかい稼《かせ》ぎを内密《ないしょ》にしていたつもりでも、京都とちがって江戸では人の口もかるく、現代でいえば、

「あいつは、月給のほかに、うまい内職をしている」

とうらやまれ、ねたまれるのと同様のことだ。

このことを耳にしたら、物がたかった殿さまのことだから、

「武士にあるまじきけしからぬやつ。切腹を申しつけよ」

などということになったやも知れぬ。

江戸へついた早々に、この小平次のうわさをきいた内蔵助が、

(やはり、小平次は好きな道へ進ませたほうがよいな)

と、心をきめ、むしろ強引に、小平次の口から身を退くといわせるように仕向けたのであろう。

「足をぬいておいてよかったであろう」

と、いわれたとき、そうした事の経過が形ではなく、瞬時のひらめきとなって、小平次をなっとくさせたのだった。

「さ、左様でございましたのか……」

うめくようにいい、小平次は内蔵助の前へ頭をたれた。

それだけで二人の間には通じ合うものがあった。

「町人姿が、ぴたりと身についておるぞ」

「おそれいりました」

「ま、少し歩こうか」

「はい」

「母ごは、お元気か?」

「今年の正月に亡《な》くなりました。それはともかく、このたびの事件《こと》では、さぞ御心痛のことでございましょう。お察し申しあげます」

わだかまりが解けてしまえば、小平次も元は浅野の家来だし、何だか急に他人《ひと》事《ごと》ではないような気もちがしてきたのもふしぎだった。

「世の中には、いや人の一生には、いろいろのことがあるものでな」

「御家再興の儀は、いかがなりましょうか」

「さあて……」

「もしも再興ならぬときは？」

（仇討《あだう》ちを決行するつもりなのだろうか？）

と、小平次はさぐるような視線を内蔵助へ向けたが、

「そのときはそのとき。先ざきのことは何も考えぬようにしているのじゃ」

「なるほど」

「それよりも小平次。久しぶりに撞木町へ出かけようではないか。わしも、このごろはとんとひまが出来たゆえ、撞木町ではだいぶ、よい顔になったぞ。は、はは……」

この夜、二人は十六年ぶりに伏見・撞木町に遊んだ。

いまの大石内蔵助は、伏見の廓で〔うきさま〕とよばれるほどの遊蕩《ゆうとう》ぶりで、世評もうるさいのだが、小平次にしてみれば、むかしと少しも変らぬ内蔵助を見たまでのことだ。

二人は、もう今度の事件について一言も語り合わず、およそ十日ほども京都に滞在した小平次《こへいじ》は、毎夜のように内蔵助の供をして伏見へ出かけたものである。

六

幕府は大石内蔵助が願い出た浅野家再興の嘆願をにぎりつぶした。

内蔵助が、

「やむをえぬ」

と、天下政道への抗議のため、吉良上野介を討つべく江戸へ入ったのは、翌年の十一月である。

その前から小平次は鍔屋家伴として、本所の吉良屋敷へ出入りをするようになっていた。

如才《じょさい》はないし、道具屋としても名の通った小平次だけに、

「家伴よ。たびたび遊びにまいれ」

上野介も大変に気に入って、茶事の相手もさせられるようになった。

こうして小平次が近づいて見ると、吉良上野介という人物は、家来たちにもまことに親愛の情がこまやかだし、三州・吉良の領地に対する治政も、至ってこまごまとゆきとどいているらしい。

(うわさにきくような人物ではないようにも見えるな)

吉良が、権欲や利欲に執念がふかく、傲慢《ごうまん》なふるまいが多かったことは、小平次のみか、大名、旗本たちの間にも知れわたっていることだった。

つまり、外に威を張り、内に愛をこめるという吉良の性格が、はっきりと小平次にものみこめてきたのである。

服部小平次が、赤穂浪士をふくめて、大石内蔵助のために隠密《おんみつ》のはたらきをした事実は、他《ほか》の協力者たちの名と共に、知るものは知っている。

あの十二月十四日の茶会に、吉良が本所屋敷に在邸のよしを内蔵助に知らせたのは、大高源五だ。

大高は、これも吉良家出入りの茶人で、四方庵宗遍《しほうあんそうへん》に弟子入りをし、四方庵の口から茶会のことをきいた。

しかし内蔵助は、

「念には念を入れよ」

尚《なお》も、慎重な態度をけっして、くずそうとはしない。

このごろの吉良上野介は、実子の上杉綱憲《うえすぎつなのり》（米沢十五万石の領主）の屋敷へ出かけて泊りこむことが多い。

死をかけた吉良邸討入りは二度と出来ぬ。内蔵助にしては慎重が上にも慎重にならざるを得なかったのだ。

ところが、十四日の朝になって、服部小平次の報告が、浪士・横川勘平のもとへ入った。

「本日の茶会に吉良どのが出られることは、まちがいなし」

というのである。

これで二つの報告が一致した。

「よし」

内蔵助がうなずいた。

これで茶会の果てた十五日の午前二時前後に吉良へ討入ることが決定した。

これより先、小平次は吉良邸絵図面を二枚、これも横川を通じて内蔵助のもとへとどけている。

なぜ、小平次は赤穂浪士たちのためにはたらいたのか……。

「ただ一人の、好きな遊び友だちのために、義理をしたまでさ」

すべてが終ったとき、彼は、妻女のよねのみにこうもらした。

けれども、いざ吉良上野介が討ちとられたとなると、小平次は妙にさびしかった。

吉良邸へ行くたびに、

「家伴、これも妻と子たちへ……」

と、上野介は必ず、みやげの菓子や品物をもたせてよこしたものである。

そのときの上野介の温顔が、小平次の胸にやきついている。

それに、上野介には並たいていではない金もうけをさせてもらっていた。

（ああ、どうも寝ざめがわるいな）

眠れぬ日がつづいた。

小平次は、それまで丈夫だった胃腸を病み、しつこい下痢になやまされたりした。

赤穂浪士に対する世間の評判は熱狂的なもので、いわゆる〔忠臣義士〕のほまれは、以来、数百年を経ても消えることのないほどのものとなってしまった。

翌元禄十六年二月——。

諸家へ御預けとなっていた赤穂浪士たちに、切腹の命が下った。

彼らへの讃美《さんび》の声は、日本国中を風靡《ふうび》し、それに反して、生きのこった上野介の子・吉良左兵衛《さひょうえ》は、領地没収の上、諏訪《すわ》へ流される始末だった。

赤穂浪士の栄誉がたかまるにつれ、小平次の胸も高鳴りはじめた。

(あの人びとのはたらきのかげで、このわしも一役買ったのだからな)

と、例の寝ざめの悪さなど忘れたように、ひそかに低い鼻をうごめかしているのも、わるくない気もちなのである。

妻も、

「よいことをなされましたね。お見あげ申しましたよ」

などと、ほめてくれる。

いつの間にか、小平次の胸底から吉良上野介の温顔が消えてしまっていた。下痢もやみ、日毎《ひごと》に、彼は健康を取りもどし、今度は見る見る肉がついて、腹が張り出してきた。

二年たち三年たっても、浪士たちの評判は絶えぬ。

五年たっても、

「赤穂の方々が討入りをなさった前の夜は、ひどい雪でしたなあ」

十二月になると江戸の人びとは、赤穂浪士のうわさでもちきりとなるのだ。

そのころになると、服部小平次も、ごく親しい人たちには、

「いや私もな。これで、むかしは浅野様には少々御縁がござりましてな。左様で、あの大石内蔵助さまのお若いころには、格別のおひきたてにあずかりましたもので……」

などとしたり顔で、いいはじめるようになった。

小平次は、もう全く吉良上野介の顔をおぼえていない。

鍔屋《つばや》家伴《いえとも》としての〔家業〕はいよいよ繁盛した。

熊田十兵衛の仇討ち

一

喧嘩《けんか》の、直接の原因はつまらぬことであった。

その夜……。

播州《ばんしゅう》（兵庫県）竜野《たつの》五万一千石、脇坂淡路守《わきさかあわじのかみ》の家臣で、勘定奉行《かんじょうぶぎょう》をつとめる長山主馬《しゅめ》の屋敷において年忘れの宴会がひらかれた。

これは、例年のことである。

長山奉行は、部下のめんどうをよく見るし、温厚な人柄を上は殿さまから下は足軽に至るまでに好《この》まれているし、

「この一年、ごくろうであった」

一年も終ろうとする師走《しわす》の吉日をえらび、部下を自邸にまねいて馳走《ちそう》をするのである。

勘定奉行といえば、一藩の諸経費・出財の一切を管理する役目であり、勘定役

る。二名、勘定所元締《もとじめ》三名、勘定人二十名、合せて二十五名の部下をしたがえてい

ところで……。

この夜の忘年会で、勘定役をつとめる熊田勘右衛門《かんえもん》が、下役の勘定人で山口小《こ》助《すけ》というものを、満座の席でののしった。

熊田勘右衛門は、このとき五十一歳。ふだんはつとめぶりもまじめだし、むしろ無口なほうで、

「石橋をたたいてわたるというのは、熊田うじのことじゃ」

と、藩中でも、その実直《じつちょく》ぶりをみとめられている。

禄高《ろくだか》は百石二人扶持《ぶち》、役目の上での失敗は、一度もないが、

「ところが、酒が多く入るといかぬな」

「まるで、人が違ったようになるぞ。なに、飲みすごすのは三年に一度ほどだから、よいようなものの、わしは一度、熊田にからまれて大いにめいわくしたことがある」

こういうはなしもきく。

この夜の熊田勘右衛門は、その三年に一度の悪日《あくにち》であったといえよう。

「おぬしのような男《やつ》は、御家《おいえ》の恥さらしだ。いまのうちに、その悪い癖を直しておかぬと、御奉行（長山）にも御めいわくがかかることになる。この大馬鹿ものめ‼」

と、いきなり勘右衛門にどなりつけられた男が、山口小助であった。

山口小助は三十石そこそこの身分もかるい藩士で、勘右衛門の下で算盤《そろばん》と帳面を相手につとめている若者である。

小助もおとなしい人柄だし、剣術は一向《いっこう》に駄目《だめ》なのだが算盤は達者、字もうまい。徳川将軍の威令の下《もと》、日本国内に戦乱が絶えてより約百六十年も経《へ》たそのころの武士が〔官僚化〕してしまっている中では、その事務的才能を買われ、

「あの男、見どころがある」

と、長山奉行も目をつけているほど役に立つ。

「御奉行に目をかけられて、山口小助もしあわせな男だ」

「この、せちがらい世の中で、たとえいくばくかでも行先に昇進《しゅっせ》ののぞみがあるというのは、うらやましいな」

同僚が、うわさをしている。

「しかし、山口もあの癖が直らぬといかぬ」

と、いう者もいた。

あの癖……つまり、女には目がないということだ。

むろん、女あそびの金があるほどの身分ではないのだが、色白の、すらりとした美男子だし、気性《きしょう》もやさしげなので、

「別に、おれが手を出すのではない。女のほうから寄ってくるのだ」

と、これは山口小助のいいぶんなのである。

独身《ひとりみ》だし、飯たきの下女を一人使っているのだが、これにも手をつける。

この春には、城下に住む経師屋《きょうじや》の後家《ごけ》とねんごろになった。

その情火が消えたと思った夏には、これも城下の薬種屋で〔千切屋太郎兵衛《ちぎりやたろべえ》〕のむすめ、およしというのとねんごろになり、夜ふけに、千切屋へ忍んで行き、情を通じた。

この事が発見されたのは、千切屋の主人が娘の寝間へ入りこむ山口小助を見つけてつかまえ、

「嫁入り前のむすめを傷ものにされました」

ひそかに、小助の上役である熊田勘右衛門へ訴え出たからだ。

勘右衛門は、これをうまくもみ消してやり、小助をよんでこんこんと意見をした。決して小助を憎んでいたのではない。

で、長山奉行邸の年忘れの宴のことだが……。

宴たけなわとなって、熊田勘右衛門が小用のために廊下へ出たとき、

（や……？）

廊下の曲り角で、山口小助が長山邸の侍女の肩を抱き、たわむれているのを目撃した。

侍女のほうもまんざらでもないらしく、懸命に嬌声を押しころしつつ、かたちばかりに身をもがいている。

勘右衛門は舌うちを鳴らした。

小助は狼狽《ろうばい》し、あわてて一礼するや、宴席のほうへ去った。

このときは、

（仕方のないやつ……）

と、苦《にが》い顔つきになっただけだが、座敷へ戻り、盃を重ねているうち、勘右衛門は胸がむかむかしてきた。先刻のことは忘れ果てたように、山口小助が同僚たちと、たのしげに酒をのんでいるのが見えた。

謹直で、いつも下役の尻《しり》ぬぐいをしてやっているだけに、

(いかに若者とはいえ……いまのうちに灸《きゅう》をすえてやらねば取り返しのつかぬことになる)

小助をとなりの席へ呼びつけ、意見をしているうちに、勘右衛門は我を忘れた。

山口小助が頬《ほお》をふくらませ、さも不愉快そうに自分の忠告をきいているのも癪《しゃく》にさわる。

(こいつ、このごろ、御奉行に目をかけられているのを鼻にかけ、ろくにわしのいうこともきこうとはせぬ)

声が高くなった。

怒《ど》鳴《な》りはじめた。

何を怒鳴ったか、よくおぼえてはいないが、山口小助が顔面蒼白《がんめんそうはく》となって自分

をにらみつけていた顔だけはおぼろげにおぼえている。

宴席が気まずくなり、やがて終った。

外へ出た熊田勘右衛門は、

(いいすぎたかな……わしも酔っていたらしい)

師走の冷たい夜風が鳴っている。

(小助が、わしをすさまじい顔つきでにらみおった。よほど、ひどいことをいったものと見える。しかも満座の中で……わしもどうかしていたわい)

これも三年に一度の後悔というべきか……。

武家屋敷の塀《へい》が切れ、草原になった。ここは火除地《ひよけち》になってい、この原を横切ると、また武家屋敷がつづく。

勘右衛門が、この原を横切りはじめたとき、原の土に伏せていた黒い影が、

「おのれ、勘右衛門……」

かすれ声をあげ、起《た》ち上がって駆け寄るや、

「おのれ、おのれ……」

めちゃくちゃに白刃をたたきつけてきた。

勘右衛門の手から提灯《ちょうちん》が飛んだ。

「わあっ……」

ろくに剣術の稽古《けいこ》もしたことのない山口小助だったが、はずみというものはおそろしいもので、熊田勘右衛門は、いきなり後頭部を斬《き》られて、転倒した。

その上から、斬った小助が、まるで悲鳴のような叫びをあげて尚も刃をたたきつける。

その場から、彼は竜野城下を逃亡した。

宴席での熊田勘右衛門の忠告が度をこえていたことはさておき、これは山口小助の逆《さか》うらみといわれても仕方がない。両者の平常の素行《そこう》から見てもである。

(うぬ、小助め。あれほど父の世話をうけていながら、よくも父を……)

それだけに、勘右衛門の一人息子、熊田十兵衛の怒りはすさまじい。

十兵衛は山口小助と同じ二十五歳であった。

無外《むがい》流の剣術をまなび、その手練《しゅれん》は藩中随一《はんちゅうずいいち》と評判されている十兵衛であるから、

「山口小助の首、みごとに討ちとってくれる」

自信まんまんとして城下を発し、小助の後を追った。

殿さまも家来たちも、

「十兵衛なら大丈夫じゃ」

「山口も、ばかなことをしたものよ」

「この仇討ちは先が見えているわい。年が明けるまでに、十兵衛は小助の首を抱えて戻って来よう」

などと、うわさをし合ったものだ。

二

ところが、そうはゆかなかった。

すぐに後を追ったことだし、藩士たちも手わけをして諸方に散り、逃げた山口小助の消息をさぐったのだが、ついに見つけることが出来ない。

次の年が明け、そして暮れた。

この間に熊田十兵衛は、一度、城下へ戻り、あらためて旅支度をととのえ直し、

「逃げ足の早い奴《やつ》でござる。なれど必ず、近きうちに小助めの首を……」

親類や母のみねにいいおき、竜野を出て行った。

さて……。

逃げている山口小助のほうでも、

（とんだことをしてしまった……）

後悔しきりであった。

（なにも、勘右衛門を殺さぬでもよかったのに……）

である。

しかし、なんといっても小助は武士である。

満座の中で、あれだけ罵倒《ばとう》されたのでは黙ってはいられなかった。あのとき、もしも彼が熊田勘右衛門にののしられて手出しもせずにいたら、

「山口め、あれでも武士のはしくれか」

家中のさむらいたちの軽侮《けいぶ》をうけたことであろう。

（それにしても、十兵衛に追いつかれたなら、とてもとても勝目はない）

胸毛の生えた六尺に近いたくましい体軀《たいく》をもち、らんらんたる眼光もするどい

熊田十兵衛の風貌《ふうぼう》を思い出すたびに、山口小助は寒気がしてくる。

（あんな男につかまえられたら、とてもとても……）

であった。

とにかく、小助は夢中で逃げた。

ほとんど路用の金を持たずに出奔《しゅっぽん》したのであるから、先ず第一に金である。

竜野から西へ約二十余里。岡山城下の先の矢坂近くの街道で、小助は供の下男をつれた旅の商人に刃を突きつけて財布を強奪し、付近の山の中へ逃げこんだ。

白昼のことであったが、さいわい人影もなく、財布の中には二十八両余の金が入っていた。これだけあれば、何とか二年近くは食べてゆけるにちがいない。

その二年目の夏の午後であったが……。

さむらいを捨て、思いきって頭をまるめ、旅の乞食《こじき》坊主のような姿になった山口小助が、東海道・藤枝《ふじえだ》の宿《しゅく》へあらわれた。

両刀も捨てた。

刀をもっていたとて、もしも見つけられたら十兵衛には歯がたたぬことをわきまえていたからである。

駿河《するが》（静岡県）藤枝は江戸から五十里。近くに田中四万石、本多伯耆守《ほうきのかみ》の城下もあって、宿《しゆく》はすこぶる繁盛《はんじよう》をしている。

瀬戸川をわたって宿場へ入った山口小助は、高札場近くの煮売りやの中の縁台に腰をかけ、おそい昼飯を食べていた。

蟬《せみ》の声が何か物倦《ものう》げにきこえてくる。

日ざかりの街道が白く乾いて、通行の旅人の足も重《おも》げにあった。

箸《はし》をおき、小助が茶をのみかけたとき、煮売りやの前を、ずっと通りぬけて行った旅の武士がある。

「あっ……」

思わず声を発し、小助は茶碗《ちやわん》を落した。

「坊さん、どうか、しましたかえ？」

煮売りやの亭主が声をかけた。

「い、いや、なんでもない……茶碗、割れなかったようだな」

「かまいませぬよ。そこへ置いといて下さいまし」

いま、目の前の道を通りぬけて行ったのは、まさに熊田十兵衛であった。

さいわいに、気がつかなかったようだ。

おそるおそる街道へ出て見やると、自分が来たのとは反対に、江戸の方からやってきた十兵衛が足を速《はや》めて行く後姿が見えた。

（ああ、見つけられなかった……）

ほっとするのと同時に、

（そうだ）

電光のように、小助の脳裡《のうり》をよぎったものがある。

（そうだ。十兵衛の後をつけて行こう）

その決意であった。

この二年間、小助が十兵衛にねらわれている首をすくめ、恐怖のあまり、夜もろくろく眠れぬ月日をすごしてきた。

この恐ろしさは〔敵持《かたきも》ち〕の身になって見ぬとわからぬ。

まるで生きている甲斐《かい》のないような明け暮れなのだが、それでいて、

（ああ、死にたくない。なんとか逃げて生きのびたい）

いまの小助は、この一事のみに、ひしと取りすがっている。

だからこそ、

（おれの首をねらう相手のうしろをつけて行けば、決して見つかることはない。こちらが目をはなさずにいるかぎり、相手は、うしろにいるおれを見つけることはできない）

そこまで思いつめたものである。

小助は笠《かさ》をふかぶかとかぶり、彼方《かなた》の十兵衛のうしろから、恐る恐る歩き出していた。

そしてまた、二年の月日がながれ去った。

三

さらにまた、一年がすぎた。

熊田十兵衛が故郷を発してから、五年を経たわけである。

敵《かたき》の山口小助は、まだ見つからぬ。

小助は小助で、必死に十兵衛のうしろからついて行く。十兵衛は前方ばかり見て旅をつづけているのだから見つかる筈《はず》はないのだ。

なんともばかばかしく、なんとも無惨な二人の人生ではあった。

封建の時代《ころ》は、日本国内にいくつもの国々にわかれ、それぞれに大名がこれをおさめていた。

その上に、徳川将軍がいて天下を統一しているわけだが、大名たちがわが領国をおさめるための法律も政治も、それぞれに異なる。

ゆえに、A国の犯罪者がB国へ逃げこんでしまえば、A国の手はまわりかねる。

むかしは日本国内に、いくつもの国境が存在していたということだ。

武家の間におこなわれた〔かたき討ち〕も、だから法律の代行といってよい。

かたきを討つ者は、かたきの首を討ちとって帰らぬかぎり、その身分も職も、ふたたび我手へはもどってこない。

つまり、さむらいとして〔かたき〕を討てなくては食べてゆけない。

だからこそ、親類もこれを助けてくれるし、藩庁も出来るかぎりの応援はしてくれる。

だが、

「熊田十兵衛が出て行ってから、もう五年になるのか……」

「おれは、もう忘れかけていたよ」

そんなうわさが思い出したようにかわされるころになると、熊田家の親類たちも、

「どうも、いかぬな……」

「年々、路用の金を送ってやるのにも張り合いがなくなってきたわい」

と、いうことにもなってくる。

そうなると、熊田十兵衛の心にも躰《からだ》にも憔悴《しょうすい》の色が濃くなってくるし、

（ああ……、このまま、おれは山口小助にめぐり逢えぬのではないか……）

絶望感に抱きすくめられ、旅から旅への生活に疲れが浮きはじめる。

一方、山口小助のほうでも……。

（ああ……こんな暮しをいつまでつづけていたらよいのか……）

息を切らしつつ、おそろしい相手のうしろへついて諸国を経めぐり歩いているのである。

うっかりすると相手を見失ってしまうので、そのことに神経をつかうだけでも

大変なことであった。

乞食坊主のようになった小助にしてみれば、十兵衛と同じような旅をするわけにもゆかぬ。路用の金を工面するだけでも非常な苦労をともなう。

十兵衛が宿屋へ入って眠っているすきに、

（いまだ）

自分より弱そうな通行人を見つけて追はぎをやったり、空巣《あきす》もやる、盗みもするという始末であった。

こんなことをしながらも、何とか十兵衛のうしろへついて行けたのも、むかしは人が住む場所も旅をする道すじもきまっており、泊るところも食事をするところも、およその見当がついたからであろう。

（このままでは、とてもたまらぬ）

と、山口小助も時折は、

（いっそ、すきを見て十兵衛を殺してしまえば、もう安心だ。よし、すきをねらって……）

思うこともあるのだが、いざとなると手も足も出ない。

（もしも失敗したら……とたんに立場は逆になってしまう）

街道を行く十兵衛の後姿には、あきらかに疲労の色がただよっていたけれども、その堂々たる体格、寸分のすきもない身のこなしなどを遠くからながめただけで、

（ああ……やっぱり無謀なまねはできぬ）

と、小助はため息を吐くばかりであった。

いつであったか、中仙道《なかせんどう》、三富野《みとの》の宿場近くの街道で、熊田十兵衛が三人の浪人者と喧嘩をしたのを山口小助は見たことがある。

ぎらり、ぎらりと刀をぬきはらい、その三人の浪人者が十兵衛を取り巻いたとき、

（しめたぞ‼）

と、小助が胸をおどらせたのは当然であったろう。

ところが……。

「来るか‼」

叫ぶや、熊田十兵衛は刀もぬかず、三人を相手に烈《はげ》しく闘《たたか》い、

「それっ」

なぐりつけたり、

「馬鹿者め」

蹴倒《けたお》したり、

「去《い》ね」

相手の刀をうばいとって威嚇《いかく》したりで、浪人三人はほうほうの態《てい》で逃げ去ってしまった。

（きさしにまさるすごい腕前だ……）

街道を見おろす山肌《やまはだ》の木立の中に身をひそめ、この場面を目撃した山口小助は鳥肌だつおもいがしたものである。

以来彼は二度と、

（すきを見て十兵衛を暗殺してしまおう）

などとは考えぬことにした。

そしてまた、二年がすぎた。

四

そのころ、熊田十兵衛は病《や》んでいた。

剣術にきたえぬかれた肉体だけに、まったく病気に縁がない筈なのだが、病んだのは眼である。

いまでいう〔そこひ〕の一種でもあったのか……。

原因は、わからぬ。

なにかの拍子に、どちらか片方の眼を傷つけでもしたのを、十兵衛が、

（なに、大したことはあるまい）

手当もせずに旅をつづけていたのが悪かったのかも知れない。

〔そこひ〕の場合、片方が悪くなると、別の眼も悪化する。やむを得ぬ場合は、悪いほうの眼をえぐり取ってしまわなくてはならないのだ。

十兵衛は、何度目かの東海道を歩いていて、

（これは、いかぬ）

さすがに放ってはおけぬほどの苦しみを感じ出し、御油《ごゆ》の宿場の〔ゑびすや安

右衛門」という旅籠《はたご》に滞在し、ここで医者の手当をうけたが、どうも芳《かん》ばしくない。

「とても、私の手には負《お》えませぬ」

御油の医者はさじを投げ、

「これはどうも、江戸へ出られて手当をおうけなさるがよろしい。私が手紙をしたためますゆえ、江戸の、牛込・市ケ谷御門外の田村立節《りゅうせつ》先生のもとをおたずねなされよ」

と、いい出した。

もはや、そうするほかに道はない。

御油に滞在している一カ月ほどの間に、十兵衛の悪かった右眼はもとより、左眼のほうも視力がうすれてきた。

頭痛、めまいが、耳鳴りをともなって十兵衛を襲い、頭髪がぬけはじめた。

病状は、急激に悪化しはじめているらしい。

山口小助も托鉢《たくはつ》をしたり、例によって、こそこそと盗みをはたらいたりしながら御油の宿の付近をうろうろしていたが、

（十兵衛は眼を病んでいるらしい。それも、かなり重症らしい）

と、見当がついた。

或日《あるひ》——十兵衛が泊っている〔ゑびすや〕の真向かいにある饂飩屋《うどんや》の店の中で、うどんをすすりつつ、〔ゑびすや〕を見守っていると、

（や……？）

思わず、小助は腰を浮かせた。

〔ゑびすや〕の街道に面した二階の廊下へ、熊田十兵衛があらわれたのを見たのである。

十兵衛が手すりにつかまり、足もとも危なげに歩み出したとき、階段口を駆け上がってきた中年の女中が、

「まあ、およびになって下されればよいものを……」

声をかけ、十兵衛のそばへ来て、その手をとり、しずかに誘導しつつ、階段口へ消えた。

（よほどに悪いらしい……）

息をのんで、小助は立ちつくしている。

医者が日に一度は〔ゑびすや〕へ入るのを見たことはあるけれども、あのようにおとろえ切った熊田十兵衛を見たのは、はじめてであった。

「お気の毒でございますよねえ」

小助の背後で、うどん屋の女房の声がした。

女房も偶然に、いまの十兵衛の姿を見たものであろう。

「うむ……」

と、小助は、

「よほどに、お目が悪い……」

「へえ、へえ」

したり顔に女房がうなずき、

「いま、あのおさむらいさまの手をひいてあげた女中さんは、お米《よね》さんといって親切な女《ひと》ですがね、よく、ここへ、うどんを食べに来るんですよ」

「ほほう……」

「昨夜おそく、うどんを食べにお米さんが来たときのはなしに……、なんでも、このあたりの医者では手当が行きとどかなくなったとかでねえ」

「ふむ、ふむ……」

「明後日《あさって》の朝、あのおさむらいさまは、ゑびすやの下男がつきそい、江戸へ行って手当をうけるんだそうです」

このとき、旅僧姿の山口小助の双眸が白く光った。

「なにか、よくよくのわけがありそうなおさむらいさまだと、お米さんもいっていましたけれどねえ」

小助は、こたえず、勘定をはらって外へ出た。

暖春の太陽《ひ》のかがやきが路上にみちている。

手にした笠をかぶり、その笠の中で、まだ小助の双眸は殺意に光りつづけていた。

(両眼がろくに見えぬ十兵衛になってしまった……お、おれにも殺《や》れるだろう、いや、き、きっと殺れる……)

なのである。

(殺るべきだ。江戸へ行って、手当をうけ、もしも眼病が癒《なお》ったとしたら……おれは一生涯、ろくに女も抱けず、食うや食わずの苦しいおもいをしながら、十兵

衛の後をくっついて行かねばならぬ。この機会《とき》を逃がしては、もはや、おれの浮かび上がる瀬はないのだ）

歩みつつ、山口小助の殺意は次第に、ぬくべからざる決意に変っていた。

両刀を捨てたといっても、さすがに小助もさむらいであった。

ふところに短刀を、かくしてある。

（おれとすれちがっても、十兵衛は気づくまい。これから江戸へ上る道中、人気《ひとけ》のない場所はいくらでもある。それとも、夜中に旅籠へ忍びこんで刺すか……）

この御油から江戸までは、七十六里余もある。

〔ゑびすや〕の下男をやとい、これに手をひかれてすすむ十兵衛の足どりなら、およそ半月以上はかかると見てよい。

機会は、いくらでもある。

（可哀想だが、その下男も……）

と、いうわけだ。

いかに山口小助でも、旅籠の下男には〔自信〕をもっている。

五

七日後の昼下がりに、旅僧姿の山口小助を日坂《につさか》の宿《しゆく》外《はず》れで見ることができる。

日坂は、御油から約二十一里。

男の足なら二日の道程であるが、〔ゑびすや〕の下男に手を引かれて歩む熊田十兵衛には四日間もかかる。

小助は、昨夜、十兵衛が袋井の宿へ泊り、

（おそらく、今夜は、この日坂泊りになることだろう）

と、見きわめをつけていた。

十兵衛と下男が日坂へ着くのは、おそらく夕暮れ近くになるであろう。

日坂から次の金谷《かなや》の宿までは二里たらずだが、この道は只の街道ではない。

〔小夜《さよ》の中山〕で有名な中山峠をこえて行くわけだし、起伏曲折《きふくきよくせつ》に富むさびしげな山道である。

病体の熊田十兵衛が、このようなところを夕暮れに通る筈はない。

だから、今夜は日坂へ泊り、明日の朝に中山峠を越えることだろう。

十兵衛は深編笠に顔をかくし、全神経をはりつめて街道を歩いていた。

これは、

（いつどこで、山口小助がおれの姿を見かけるかも知れぬ。そして、おれの眼が不自由なことを知ったなら、いかに小助といえども、かならず、おれに斬ってかかるだろう）

と、思うからであった。

しかし、山口小助は、一昨日の午後の街道で、十兵衛のそばへ近づいていたのである。

恐ろしかったが、

（おれの顔が見えるか、おれの声をおぼえているだろうか……？）

そのことを、先ず、たしかめておきたかったからだ。

旅人が行き交う白昼の街道で、

「お眼が御不自由のようでございますな？」

と、小助は下男に声をかけてみた。

この〔ゑびすや〕の下男は、白髪《しらが》あたまの実直そうな五十男で、

「はい、はい」

「それは、それは……」

「お坊さまも、江戸へ、でござりますかね？」

「さようでござる」

一礼して、小助は二人を追いこし、しばらく行ってから振り向いて見ると、熊田十兵衛が怪しんでいる様子もなかった。彼は下男に手をとられ、相変らずたよりなげな歩をはこんでいた。

（もう、大丈夫だ）

山口小助の肚《はら》はきまった。

そこで今夜は一足先に掛川泊りにし、今朝、そこを出発して、日坂へ来、ここで十兵衛が来るのを待っているのである。

今夜は野宿して翌朝を待ち、十兵衛が日坂を出て、中山峠へかかるのをつけて行き、人気《ひとけ》のない山道で刺殺するつもりであった。

むろん、〔ゑびすや〕の下男も一緒にである。

（まだ、日は高い。十兵衛がやって来るのには、だいぶ、間があるな）

決行は明日のことだし、今日は十兵衛が日坂の旅籠へ泊るのを見とどければよい。

（これでは、まるでおれが父のかたきを討つようなものだな）

にやりと笑いが浮いて出るほどの余裕が、小助にはあった。

（明日、十兵衛を殺してしまえば……ああ、もうおれは自由の身となる）

故郷を逃げてから七年、山口小助は三十二歳になっている。とすれば熊田十兵衛も同じ三十二歳の筈であった。

（まだ、おれも若い。自由になったら、どこか田舎の町でもいい。金のある商人《あきんど》家《や》の養子か何かになって、のんびり暮したいものだ）

まだ、女たちに対しては自信をもっている小助であった。

現に、旅の坊主で歩いていても、ふしぎに女の好意をうけることが多く、托鉢のときでも、老婆から娘に至るまで、ちかごろは堂に入った誦経《じゆきよう》ぶりで門口《かどぐち》に立つ小助の顔を見ると、かならず喜捨をしてくれるのだ。

小助の、どちらかといえば弱々しげな美男子ぶりが、旅僧の疲れと垢《あか》によごれているのを、いたましいと見るためであろうか……。

（いよいよ、明日か……）

小助は、日坂の宿を見おろす山林の中へ入り、そこの陽だまりに腰をおろした。

すぐ前に、細い山路がうねっている。

鳥のさえずりがしきりで、陽のかがやきは、もう初夏のものといってよかった。

何気なく、眼下の竹林の向こうを見やった小助が、

「あ……」

凝《じっ》と眼を据《す》えた。

強い酒でも飲んだように、小助の喉《のど》もとから顔面にかけて見る見る血がのぼってきた。

妖《あや》しげに眼を光らせ、彼は腰を浮かせた。

六

竹林の向こうには谷川が流れているらしい。そこへ屈《かが》みこんで、女がひとり、

双肌《もろはだ》ぬぎになって汗まみれになった上半身をぬぐっているようであった。

音もなく、小助が竹林の中へ忍びこんだ。

女……それもうら若い娘である。

このあたりの村娘らしい。

大きな籠《かご》に、野菜だの何かの荷物だのをいっぱいつめこみ、これを背負って峠を下って来たものか。

今日の、まるで夏をおもわせる日盛りの暑さに、冷たい谷川の音をきいて、むすめは人目につかぬ場所をえらび、からだをぬぐいはじめたのだ。

(十八か、九か……)

生唾《なまつば》をのみこみ、小助は、じりじりと近寄って行く。

何も知らぬ娘は、何度も手ぬぐいをしぼりかえては、みごとにもりあがった乳房や、やわらかそうな腋毛《わきげ》のあたりをぬぐいつづけている。化粧のにおいもない健康そのもののような肌が木立のみどりに青くそまって見えた。

このところ、久しく女を抱く機会がなかっただけに、小助は、もうたまりかねた。

「も、もし……」

いきなり背後から男に声をかけられ、ぎょっとして振り向いた娘が、

「あれえ……」

悲鳴をあげたものである。

これは、小助にとって予期しないことであった。

娘が恥じらって胸のあたりを両手でおおうところへ、道に迷った者だが……などと話しかけて見るつもりでいたのだ。

その後は、自信たっぷりな自分の顔貌《がんぼう》と物やさしげな会話で娘を落ちつかせ、何とか思うところへもっていこう……そのつもりでいたところが、おどろいた娘は、こちらの話しかける間もなく叫び出したので、

「こ、これ……」

飛びかかり、抱きすくめて、小助は娘の口を押えた。

むっと若い女の甘酸《あまず》っぱいうす汗のにおいが小助の鼻腔《びこう》へとびこんできた。

「離して……あ、あっ……む……ウ、ウウ……」

もがく娘をねじ伏せ、

「おい、これ……おとなしくしろ。何でもない。何でもないというに……」

弾力にみちた娘の腰や太股《ふともも》の感触に、小助は逆上してしまっていた。

(や……?)

小助は、あわてて腕のちからをぬいた。

娘のからだから、急に、抵抗が止《や》んだのである。気がつくと、小助の両手が娘のくびをしめていた。ぐったりと、仰向《あおむ》けに、娘は草の上へ横たわっている。腕も乳房も露呈されたままで、裾《すそ》のみじかい野良着から右の太股がはみ出している。白く、たくましい肉づきであった。死んではいないようだ。

その、気をうしなった娘の上へ、小助は、おおいかぶさっていった。ゆたかな乳房に顔を埋めつつ、小助の右手はあわただしくうごいた。

小助のあえぎが高まっていった。

こういうときの男の姿が、まったくの無防備状態となることはいうをまたぬ。

夢中になって、あさましく娘のからだへいどみかかっている小助のうしろから、

「この野郎‼」

怒声と共に、いきなり棍棒《こんぼう》が打ちおろされた。頭をなぐりつけられた小助は短い呻《うめ》きをあげたのみで気絶してしまった。

「この乞食坊主め、何というまねをしやがるのだ」

ぐいと、小助のえりがみをつかんで、まだ息を吹き返してはいない娘の上から引きずりおろした男は、見るからにたくましい体軀の中年男だ。この男は、中山峠の向こうの小屋に三年ほど前から住みついている猟師で、源吉という。

だが、この源吉、実は須雲の松蔵という大泥棒の手下《てした》で、〔滑津《なめつ》の源治郎〕という盗賊である。中山峠の彼の小屋は、須雲一味の連絡所で、次の大仕事のために備えになっていたところだ。

「畜生め」

と、小助の顔へ荒々しく、つばを吐きつけ、

「こういう坊主がいるのだから、たまったものではねえ」

軽々と小助を抱きあげ、あっという間に、先刻まで小助が腰をおろしていた山林の奥ふかくへふみこみ、

「こんな悪坊主がいては、女どもが安心できねえ」

小助をおろし、腰の鉈《なた》と、棒切れをつかい、さっさと穴を掘りはじめた。

土は、やわらかかった。たちまちに深さ一メートルほどの穴が掘りあがった。

「ホ、ホウ……」

このとき、小助が息を吹返した。

「あ、ああっ……」

土気色の顔を驚愕《きようがく》にゆがませ、這《は》いずるようにうごきかけた小助へ、

「くたばれ」

事もなげに、滑津の源治郎が飛びかかって首をしめ、そのまま穴へ突き落とし、どしどしと土を蹴込んだ。

穴の底で、白い眼をむき出した山口小助がわずかにもがいたようであったが、たちまちに土が彼の姿を隠してしまった。小助を生き埋めにした穴の上で、源治郎は、しばらくあたりの様子をうかがっているようだったが、

「明《あ》けの烏《からす》に行灯《あんどん》が……」

鼻唄《はなうた》をうたいながら、平然と山路をどこかへ去った。

村娘のおもよが息を吹き返したときには、あたりにだれもいなかった。

いやらしい、けだもののような旅僧の笠が少し離れた草の上へ落ちていたのみである。

夕暮れになった。

〔ゑびすや〕の下男に手をひかれ、日坂の宿場へ入ってきた熊田十兵衛が〔坂や金左衛門〕方へ泊った。そして翌朝、十兵衛は何事もなく、中山峠を越えて江戸へ去った。

さらに……十五年の歳月が経過した。

この間に、熊田十兵衛は三度も東海道を往来し、中山峠を越えている。

しかも単独であった。単独で旅が出来るというのは、彼の眼病が癒《なお》ったことになる。

その通りであった。

十五年前に、御油の医者が紹介してくれた江戸・牛込の眼科医・田村立節は、

「手おくれのようにも見ゆるが……なれど出来得るかぎりの手当はしてみましょう」

と、いった。

治療の金もなまなかなものではなかったけれども、

「仕方もあるまい」

しぶしぶながら、十年来の叔父《おじ》・名和《なわ》平四郎が出してくれた。

この叔父は、ちょうど出府していて、脇坂家の江戸藩邸に詰めていたのである。

しかし、十五年を経たいまでは、この叔父をはじめ、十年来の親類たちは、

「もう寄りついてくれるな」

はっきりと、十兵衛に宣告をしていた。

熊田十兵衛は二十年余もかかって、まだ父のかたきを討てぬ男なのだ。

「見っともないゆえ、顔を見せるな」

といった親類もいた。

それはつまり〔かたき討ち〕のための旅費も、十兵衛みずからが稼《かせ》ぎ出さねばならぬということだ。

この数年——十兵衛は何でもやった。

江戸にいるときなど、夏になると下総《しもうさ》・行徳《ぎょうとく》の塩田《えんでん》で人夫もした。道場破りをしながら旅をつづけたこともある。

いまの十兵衛は五十に近い。髪も白くなり、やつれきった顔かたちになってしまったが、

（なんとしても、山口小助の首を……）

と、生きつづけねばならぬ。

首をとらねば、帰るところもない。

母も亡くなってしまった。

（だが小助はいまも生きているのだろうか……？）

そう思うと何ともいえぬ虚脱感におそわれる。癒ったように思った眼も、このごろ、また悪くなりはじめてきた。

その年の初夏……。

熊田十兵衛が江戸を発《た》って大坂へ向かう途中、中山峠をこえたとき、日坂の宿外れで二人の男の子の手をひき、女の赤子《あかご》を背負った、たくましい体つきの農婦とすれ違った。

ただ単に、すれ違っただけのことである。

この農婦が、十五年前、山口小助に犯されようとした村娘のおもよであることを、十兵衛が知るよしもない。

おもよは快活そうな笑い声をたてつつ、子供たちと何か語りながら、去って行った。

視力のうすれかかる心細さ、さびしさに泣きたいような気持ちになりながら、熊田十兵衛は、とぼとぼと日坂の宿場を通りすぎて行った。

中山峠の山林の土の底で、山口小助の死体は、すでに白骨化していた。

仇討ち狂い

一

路《みち》に蝙蝠《こうもり》が飛び交っていた。

風の絶えた、夏のむし暑い夕暮れである。

小林庄之助《しょうのすけ》が、浅草・阿部川《あべかわ》町の正行寺傍《わき》の住居《すまい》へ帰って来ると、表戸が内側から閉められ桟《さん》が掛けてあった。

町家《ちょうか》ではあるけれども、この家は正行寺の地所にたてられた一軒建ちで、新堀川に面した表通りから二側目の草地の中にあった。

(弟も、定七も留守のようだな……)

庄之助は、何気なく裏口へまわった。ここの戸も閉まっている。

弟の伊織《いおり》や、家来の原田定七《さだしち》も、それぞれに敵《かたき》とねらう大場勘四郎《かんしろう》の姿をさがして江戸市中を歩いていることだし、たがいに留守のときは垣根を越え、草原《くさはら》に面した縁先から出入りをすることにきめてある。

(それにしても、定七、帰りがおそい。あの男、このごろは気をゆるめておる。けしからん)

故郷《くにもと》にいたころから、あまり健康な体質でなく、父の敵をさがしての旅も今年で三年目になる小林庄之助だけに、いつも神経がいらだち、つまらぬことにも癇《かん》癪《しゃく》をたて、弟の伊織なぞは、蔭《かげ》へまわると、

「兄上があれでは、とても敵の首など、討ち取れはせぬよ。大場勘四郎は強いからな」

まるで他人事《ひとごと》のように定七へささやいて、ぺろりと舌を出して見せたりする。

小林庄之助が縁先の障子をがらりと開け、一足ふみこんで、

「あっ……」

と、叫んだ。

六畳二間に台所。それに半二階と物置のような小部屋、という間取りの家であるが、その台所に面した六畳で、真裸の男と女があさましくからみ合っていたのだ。

男は、家来の原田定七。

女は、新堀川の向うの竜宝寺門前にある〔三沢や〕という茶店の茶汲女《ちゃくみおんな》で、お菊というものであった。

「おのれら、何をいたしておるか‼」

庄之助が布《ぬの》を引きさいたような声で、

「定七。おのれ、主人の家に、このような女を引きこみ、みだらにたわむれておるとは……おのれ、おのれ‼」

「きゃっ……」

女は、裸体のまま、着物を抱えて台所の土間へ逃げた。

せまい屋内にたちこめている夕闇《ゆうやみ》が生《なま》ぐさい。

その夕闇の中に、肥肉《ふとりじし》の女のまるい肩や乳房が汗にぬれつくしているのを庄之助は見た。

ごくりと、庄之助が生つばをのんだ。

(主人の、わしでさえ、女を絶っているというに……けしからぬやつ‼)

三十二歳の原田定七は、裸体の下半身を着物でかくし、うなだれていた。

たくましい体軀《たいく》の、この男は、もと小林家の若党をつとめてい、剣術もよくつかうし、こころも利いた者というので、仇討ちの旅へ連れて出たのであった。

「定七。おのれは……」

「申し訳もございませぬ」

「だまれ‼」

「は……」

定七の躰《からだ》も、汗びっしょりで、その汗のにおいと、女の白粉《おしろい》のにおいが入りまじり、小林庄之助の鼻腔《びこう》をするどく刺した。

その、情慾そのものといってよい強烈なにおいを嗅《か》いでいるうちに、庄之助は我を忘れてしまった。弟の伊織は、江戸へ住みついてから、適当に岡場所の女たちを買ったりしているらしいが、伊織とは二つちがいの兄で、病弱ながら（いや、病弱ゆえにというべきであろう）女体への渇望は人一倍つよい庄之助だし、しかも彼はまだ二十六歳の現在まで女を知らぬ。

それだけに弟の早熟ぶりへも、故郷へいるときから一種のねたみを抱いていたし、だから尚更《なおさら》、このときの原田定七への怒りが狂的なものとなっていったものか……。

「ぶ、ぶれいものめ‼」

いきなり、庄之助は大刀をぬき、定七を斬《き》った。

斬ったといっても、さすがに〔殺意〕はこめられていない。第一、人を斬ったこともない小林庄之助がふるった刃だけに、

「あっ……」

飛び退いた原田定七の左肩から血がふき出したけれども、定七は、もう無我夢中のかたちで台所の戸を外《はず》し、

「お菊……」

叫ぶや、女の腕をつかみ、外へ飛び出して行ってしまった。

庄之助は、暗い部屋へすわりこみ、わなわなとふるえつつ、自分の昂奮《こうふん》をもてあましていた。

しばらくたち、彼が戸外へ出てあたりを見まわしたときには、原田定七の姿は、どこにも見えない。

夜ふけて……。

弟の伊織が帰宅した。

庄之助は夜具の上へ、死んだように横たわっていた。

「どうなされた、兄上」

伊織が酒くさい息を吹きかけて、きくと、庄之助が口惜しげに、先刻の様子をはなした。

伊織は、さもおかしげに笑った。

「ばか‼　何がおかしい」

「定七だとて男だ。茶汲女を引き入れてたわむれていたとて……別に、なんということはない」

「なにをいうか‼」

「兄上も、たまには気ばらしをなさることだ」

「だまれ。きさまは故郷にいるときからそういうやつだ。われら兄弟は父のかたきを討たねばならん身だ。それを……それを忘れたのか、きさま」

「忘れはしませんよ。だが、むだのようだな」

「なに……？」

「かたきの大場はつよい。とても正面からは討てぬ」

「だまれ」

「たのみにするのは定七の剣術なのに、その大切な男をなぜ……兄上、斬ったのですか、定七を……」

「き、斬った……だが、死にはせぬ」

「あたり前です。あの男は十七のころから小林家へ奉公をして、実直にはたらくし、父上が目をかけ、文字も教え、剣術も仕込ませ、若党に取りたててやったほどなのだ。それだけに、定七は亡き父上のうらみをはらすためには、われら兄弟同様の執心をもっていた筈《はず》です。大切な味方だ。それを兄上……」

「うるさい」

「癇癪をたてたところで、かたきは見つからぬ」

「きさままでも……きさままでも、わしにさからうのか‼」

庄之助が狂人のように、伊織へつかみかかり、あたまをなぐりつけた。

伊織は兄の細い躰を突き退《の》け、刀をとって土間へ下りつつ、こういった。

「兄上。私はもう、兄上と一緒に暮すのがいやになった。ま……しばらくは、のんびりとして、こころを落ちつけなさい。そうしたら、私も定七も、また帰って来ましょうよ」

二

茶汲女のお菊が、客のふとくたくましい両腕の中で、思い出したようにくっくっと笑い出した。

「何が、おかしいのだ?」

と、客。

「いえ、それがねえ。つい、この間のことでしたけれど、別のお客さんと、こうしているところを、そのお客さんの御主人さまに見つけられてしまってねえ……不義者、そこへ直れ……というわけで、そのお客さんもあたしもねえ、素裸《はだか》のまんま、おもてへ飛び出して……いえもう、大変なさわぎ」

「ふうん……その男、浪人の主人に斬りつけられた、とな」

「気の毒にねえ、あたしのために、あんな切傷まで受けてしまって……そのお客さん、原田定七さんといってねえ。まじめそうな、とても善《い》い男……」

このとき、お菊を抱いている客の顔色に微妙な変化がおこった。だが、お菊はこれに気づかない。

客は四十がらみのさむらいである。

浪人らしいが、身なりも立派だし、金のつかいかたもさばけている。

浪人のひろい額《ひたい》の中央からまゆとまゆの間にかけて大きな黒子《ほくろ》が二つあった。

お菊が、この客に連れ出されたのは、今日で二度目であった。

彼女がはたらいている竜宝寺門前の茶店〔三沢や〕へ、客が連れ出し料をはらうと、好みの茶汲女を外へ連れ出すことができる。

そのころ寺社門前や盛り場にある茶店の女たちのほとんどが、こうして売春をしていたもので、お菊は、客に連れ出されると、いつも、この上野・不忍池《しのばずのいけ》のほとりにある〔ひしや〕という出合い茶屋へ案内する。

すると、客からもらう金のほかに〔ひしや〕からもいくばくかの〔お礼〕が出るのだ。

中年の浪人の愛撫《あいぶ》は、執拗《しつよう》をきわめていた。

まるで岩のように堅く引きしまった巨体を相手にしながら、

（ああ、こんなおさむらい、大きらい……）

汗にまみれつつ、お菊は胸の底で、

（定七さんは、あれから、どこへ行ってしまったのかしら……傷が癒《なお》ったら、きっと、たずねてくれる、そういっておいでだったけど……本当に来てくれるのかしら？）

一種の娼婦《しょうふ》ではあっても、いまの彼女には原田定七が忘れがたい男になってしまっている。

自分がはたらいている茶店とは目と鼻の先の阿部川町に住み、主人兄弟につかえている定七が、おずおずと三沢やへあらわれたのは、春もすぎようとするころで、来るたびに甘酒を一杯のんで帰るだけの定七であったけれども、

（このひと、あたしに夢中なんだよ）

お菊には、すぐわかった。

ひたむきで、熱っぽい定七の視線が自分の全身にからみついてはなれぬのが、お菊には、こころよかった。

原田定七は、三十をこえているが独身であったたし、剣術できたえた筋骨も見事な上に、涼やかな男らしい風貌《ふうぼう》をしている。

お菊は、甘酒をすすりながら、こちらへ眼をはなさぬ定七の……その視線を自分のえりあしや乳房や腰に射つけられると、

（今度は、いつ来るのかしら？）

定七が茶店へあらわれるのを、たのしみにするようになってきた。

声をかけたのは、お菊からであった。

「この次は、外で、二人きりで逢いましょうね」

甘酒をはこんで行ったとき、すばやくささやくと、定七は顔面紅潮の体《てい》となり、低く「お前を連れ出すだけの金がない……」と、いったものだ。

「いいのよ」

と、お菊はこたえた。

「お金なんかいらない。あたし、一度だけ、お前さんに抱かれたいだけだもの」

はじめ、竜宝寺境内の木立の中で、二人は抱き合い、二度、三度と戸外での〔あいびき〕がつづいた。

お菊は定七の住居を知った。

あの日。

外神田《そとかんだ》に住む棒天振《ぼてふ》りの魚やの兄をたずねての帰途、ふと思いついて、お菊は正行寺傍の小林庄之助宅の前を通って見た。すると、原田定七が外から帰ったところで、裏手の戸を開けているところだったのである。

お菊は、近寄ってはなしかけた。

はなしているうち、定七もお菊も我を忘れてしまった。はじめは、純真素朴《そぼく》な三十男へ〔あそびごころ〕がうごいたにすぎぬお菊であったが、忍び逢《あ》うたびに、定七の只もうひた向きな抱擁へ、いまはお菊のほうが、おぼれこみそうになっている。

「ちょっとよ……ええ、すぐに帰らなくちゃ……」

うわ言のようにいいながらも、二人は熱中しはじめた。

そこへ、定七の若い主人が帰宅したわけだ。

さて……。

「お前、その定七、とかいう男に惚《ほ》れているのか?」

浪人者の客が、ようやくお菊から躰をはなしてきいたとき、

「惚れたところで、どうにもなりゃしませんけど……」

お菊は、かすかに笑い、

「あたしのような女でも……たまには金銭はなれて男に抱かれたくなるんですよ。あら……いやだ、なにがおかしいんです？」

「別に……」

「ごめんなさいねえ。つまらないことをお耳に入れてしまって……」

さむらいの客は、別にいやな顔もせず、お菊に金をわたし、

「その原田なにがしとかいう男。阿部川町の主人のところへは、もう戻るまいな」

なに気なくいって、一足先き茶屋を出て行った。

外は、もう暗かった。

（あのときは、しつっこいおさむらいだけど……あたしのはなしなぞも身を入れて聞いてくれるし、さばけたお人だもの、当分は大事にしとかなくちゃあ……）

お菊は障子を開け、中庭から吹きこんで来る夜風に、肌《はだ》の汗をしずめはじめた。

阿部川町の正行寺の傍《わき》の家で、小林庄之助が惨殺されたのは、この夜のことである。

前日から発熱して、床に臥《ふ》せっていた庄之助は、正行寺の小坊主がとどけてくれた粥《かゆ》を食べてから、ぐっすりとねむった。

例によって、弟の伊織は夜がおそいし、ときによっては家を明けることもある。

夜ふけて……。

寝汗をかいた庄之助が目ざめたとき、突然に行灯《あんどん》のあかりが消えた。

何者かが吹き消したのである。

闇の中に、庄之助は嗅ぎおぼえのある女の白粉のにおいを嗅いだ。

「だれだ？」

異常な気配を感じ、枕《まくら》もとの刀をつかんで半身をおこした庄之助へ、黒い大きな影がおおいかぶさって来た。

黒い影から白刃が飛び出し、庄之助の脳天を物もいわずに切った。

「ぎゃあっ……」

庄之助が、すさまじい悲鳴をあげた。

もう一太刀《ひとたち》……。

黒い影が刃をたたきつけた。

庄之助は倒れ伏し、ぴくりともうごかなくなった。

近くの長屋に住む男たちが、ちょうど夏の夜の寝苦しさに外へ出て来て、庄之助宅前の草原で涼《りょう》をとってい、これが、

「なんだ、あの声は……」

「御浪人さんの家だぜ」

庄之助の叫び声をききつけ、駈《か》け寄って来た。

黒い影は舌打ちを鳴らし、裏手戸口から素早く逃走してしまった。

大さわぎになった。

長屋の人たちの発見が早かったので、すぐに医者もよばれたし、小林庄之助は、弟の伊織が来るまで、息が絶えないでいた。

「兄上……兄上」

伊織もおどろいた。

庄之助は、弟の帰りを待ちかねたように息をひきとったが、その直前、

「い、伊織……」

「兄上、気づかれたか？」

「む……う、う……」

「だれじゃ？　兄上を斬ったはだれじゃ？」

「あ……う、う……」

「かたき、大場勘四郎ですか？」

庄之助が、かすかにくびを振った。

「え……ちがう？」

「う……さ、さだ……」

「なんと？」

「さ、定七めに、殺《や》られた……」

「まさか……」

「ざ、残念……」

「兄上……兄上、兄上……あ、もう、いかぬ」

三

小林兄弟の父・幸右衛門《こうえもん》は、但馬《たじま》（現兵庫県）出石《いずし》五万八千石・仙石越前守《せんごくえちぜんのかみ》久道《ひさみち》の家来であった。

俸禄《ほうろく》百五十石で、藩の作事奉行《さくじぶぎょう》をつとめていた小林幸右衛門が、馬廻役《うままわりやく》で百石取りの大場勘四郎に斬り殺されたのは、文化元年四月十八日の夜である。

その夜。

小林幸右衛門は、元締役（藩の会計・用度をつかさどる）であり、上役《うわやく》である有賀主膳《ありがしゅぜん》邸の宴にまねかれ、その帰途を大場に襲撃されたものだ。

二人の確執《かくしつ》の理由は、あまり明確ではない。

強《し》いていえば、その半月ほど前に、出石城内の役所で、小林幸右衛門が大場勘四郎と激しく口論をしていたのを見たものが数人いる。

そのときの様子では、幸右衛門に汚職の疑いがあるとかないとか……大場がいい出し、これに対して激怒した幸右衛門が、

「では、これよりすぐ、自分の役目について目附役《めつけやく》のおしらべを願おう。もし

も、自分に汚点のなきときは、おぬしに腹を切ってもらわねばなるまい」

と、いったそうな。

作事奉行というのは、藩の建築や営繕のことをつかさどり、大工・左官・細工師などへの支払いをふくめて、城下の商・工人の出入りが多い。

賄賂《わいろ》その他の誘惑も多いことだし、知らず知らず汚職の泥沼へ足をふみこんでしまいかねない。

大場が、口にするまでもなく、小林幸右衛門については、

「だいぶんにためこんだらしい」

「作事奉行をつとめると、蔵がたつというからな」

などと、ささやく声もきこえなかったわけではない。

しかし、このときは元締役・有賀主膳のはからいで両者の口論は穏便におさまったのだが……。

そのときも大場勘四郎は、有賀元締役から、

「根も葉もないいいがかりをつけるものではない‼」

きびしく、叱《しか》りつけられたらしい。

そして、ついに小林幸右衛門を斬殺《ざんさつ》し、大場は出石城下を脱走した。

こうなると、幸右衛門の子である庄之助・伊織の兄弟は、どうあっても亡父のかたきを討たねば家をつぐことが出来ない。これは武士たるものの掟《おきて》であった。

以来三年……。

小林兄弟は、敵・大場勘四郎の後を追い、中国すじから京・大坂を経て江戸へ入った。

江戸へ住みついたのは、

「両国橋をわたっている大場勘四郎さまの姿を、お見かけいたしました」

と、麻布《あざぶ》・西久保の仙石家・江戸屋敷へ知らせてくれたものがいたからだ。

この者は、京橋・西紺屋町の薬種屋・釜本喜兵衛《かまもときへえ》という人物で、江戸藩邸詰めで小林兄弟の叔父《おじ》にあたる中根左内《なかねさない》と茶道の上での交際《つきあい》がある。

なぜ、釜本喜兵衛が大場勘四郎の顔を見知っていたかというと、大場も五年前までは江戸藩邸勤務であり、そのときは大場、中根左内と仲よしの間柄であった。

中根のさそいで、大場もよく諸方の茶席へ出るようになり釜本喜兵衛とも顔見知りとなった……こういうことになる。

もとは親友でも、いまは中根左内にとって義兄にあたる小林幸右衛門を斬殺した大場勘四郎なのである。

二人の甥《おい》の仇討ちを、だまって見ているわけにはゆかない。

で……中根が大坂にいる兄弟へ、このことを知らせ、兄弟はすぐ江戸へ入った。これが一年前の秋も終ろうとするころであった。

「大場はな、浪人体にて、江戸へ住みついている様子がありあり見えたという。釜本喜兵衛どのも、すぐに後をつけてくれたのだが、両国の盛り場の人出の中へまきこまれ、ついつい見うしなってしもうたそうじゃ。よいか、こころしてさがせよ。大場勘四郎はな、人も知る一刀流のつかい手じゃ。手強《てごわ》いぞよ」

と、叔父にはげまされ、小林兄弟は家来の原田定七と共に、毎日、江戸市中を手わけして大場をさがしまわっていたのであった。

兄弟の母は、姉の登勢《とせ》と共に故郷に残り、ここから江戸藩邸の中根左内へ年に一度、兄弟の仇討ちの費用が送られて来る。

ここで、はなしをもどそう。

小林庄之助惨殺の報は、仙石江戸藩邸へもつたえられた。

叔父の中根左内が、すぐさま駈けつけて来て、

「おのれ定七め。恩義を忘れ、主家に害をなすとは、まことにもってけしからぬやつ‼」

全身を瘧《おこり》のように震わせ、激昂《げっこう》した。

伊織は、兄を殺した原田定七の気持ちもわからないではない。この三年、病気がちの兄をたすけ、その兄に口汚くののしられつつ、定七は懸命につかえ、仇討ちの旅にはかけ替えのない男であった。

その定七を、兄が傷つけた。

自分たちの家へ女を引き入れて抱き合っていたというのは、謹直な原田定七にしては意外千万なことではあるが……それにしても兄が抜刀して斬りつけたというのは、たしかにやりすぎだ、と、伊織はおもう。

十七、八のころから出石城下の娼家へ出入りしていた伊織だけに、定七の情事には理解がある。

しかし……しかしである。

小林兄弟を見捨てて、定七がどこかへ逃げ、自由の身になることはかまわぬが、いざ血を分けた兄の庄之助を殺されて見ると、

（おのれ、定七め。そこまでせずともよいではないか……）

伊織も、さすがに怒りがこみあげてきたものである。

えらそうなことをいっても亡父の幸右衛門が、わずかではあるが汚職をしていたことを伊織は知っている。

汚職といっても藩の公金をどうしたというのではない。城下の商・工人たちからの賄賂を父はたしかに受けていた。これは兄も母も知っているのだ。元締役の有賀主膳などの汚職は表面に出ないだけで、もっとひどかったらしい。

こうしたにおいを嗅ぎつけて、父を詰《なじ》った大場勘四郎の怒りを、若い伊織は、

（どうも、にくめない）

のである。

表向きは、おのれが人格の立派さをうたってやまぬ亡父の、蔭へまわってこそこそと商人たちから賄賂をもらっているさまを、伊織は舌うちを鳴らして見ていたものだ。

それだけに……。

小林伊織の怨念《おんねん》は、大場勘四郎から原田定七へ転化してしまった。

もっとも定七とて、兄のかたきには相違ないのであるが……。

四

それから、また一年が経過した。

すなわち文化五年四月十八日の夕暮れどきのことだが……。

笠《かさ》に顔をかくした旅姿の町人ふうの男が、竜宝寺門前の茶屋〔三沢や〕へ入って来た。

さわやかな初夏の夕風にのって、竜宝寺境内の木立の新緑の香が、あたりにただよっている。

「お菊……」

店先へ入って来た旅の男が笠をぬぎ、腰かけのあたりを片づけていたお菊へ、低くよびかけたものである。

「あ……」

お菊の顔に驚愕《きようがく》のいろが浮いた。

「い、いけない、定七さん、早く……」

お菊は他の茶汲女たちの眼をのがれるようにして、あわてて旅の男……原田定七を押しやった。

「ど、どうしたのだ？」

「いいから、こっちへ……」

お菊は、定七に笠をかぶせ、竜宝寺の裏門から出て、東漸寺《とうぜんじ》の裏手から南向こうの浄念寺《じようねんじ》の境内に入った。

この寺は竜宝寺とくらべものにならぬほど境内がひろい。

鐘撞堂《かねつきどう》の横手の松の木立へ、お菊は定七を引き入れ、

「ここなら大丈夫」

と、ささやいた。

定七は、ひしと女を抱きしめながら、

「小林の御兄弟は、まだ阿部川町に住んでおいでか？」

「え……？」

「何だ、その顔つきは……？」

「だって、お前さんが御主人の、あの兄さんのほうを斬り殺して逃げたという……このあたりでは、もっぱらの評判ですよ」

「な、なに……」

「あれっきり、あたしのところへ顔を見せてくれないのも、そのためじゃあなかったのかえ？」

「ば、ばかな……」

定七の様子に嘘《うそ》はないと見て、お菊は近所のうわさを一通り語ってきかせた。

「ちがう、ちがう‼」

定七は叫んだ。

「庄之助様が、たしかに、おれだといいのこしたというのか？」

「そうだときいていますよ」

「ばかな……」

二人は、ここからすぐに不忍池畔の茶屋〔ひしや〕へ向かっている。

一年前のあの夜……。

原田定七は、いくばくかの金をお菊からもらい、相州・小田原城下で菅笠《すげがさ》問屋をしている但馬屋仙助をたずねて行った。

仙助の妻よねは、但馬の出身で定七の従姉《いとこ》にあたる。

ここで傷養生をし、ついでに定七は但馬屋へ住みついて、

「なんとか商売をおぼえた。おれが迎えに来るまで、きっと三沢やからうごかない、と、あのときお前がそういってくれたのをたのしみに、いままで一生懸命に商売をおぼえたのだ。もう、おれは武家奉公をしない。お前を連れて小田原へ……」

「でも、主人殺しの下手人にされてしまったら……いいえ、一時は、あたしの身のまわりにも警吏《おまち》の眼が光って、そりゃもう大変だったのだもの」

「畜生。なんでおれが……？」

「わからない。でも……」

「でも……？」

「そうだ、ひとつだけ考えられることは、かたきの大場勘四郎が庄之助様を返り討ちにしたということだ。そのほかには庄之助様が、そのように見事な太刀すじ

で斬殺されるわけがない……」

ここで、定七は小林兄弟が敵討つ身であることを、お菊に語ることになる。

「そのかたきの大場というのは、額の、ここのところに大きな黒子《ほくろ》が二つ……とてもとても、おれの顔と見まちがう筈はないのだ」

「でも、夜ふけだったのだもの、行灯《あんどん》のあかりは消えていたというよ」

「む、そうか……そうだな。それで庄之助様は、てっきり、このおれが傷を受けたのをうらみにおもい、仕返しに来た、と、こうおもいこまれたにちがいない」

「まあ、いったい、どういうことなんだろうねえ。あたし、怖い。なんだか気味がわるくなってしまったよう」

お菊は、定七の胸へすがったが、そのとき、彼女の脳裡《のうり》にかすめたものがある。

「あっ……」

おもわず、お菊は叫んだ。

一年前のあの夜。

この〔ひしや〕で自分を抱いた浪人体の四十男の顔をおもいうかべたのだ。

（あの浪人さんのおでこには、たしかに黒子が二つ……たしかにあった。しかも、あのとき以来、あの浪人さんは、あたしのところへもぷっつり姿を見せない……）

――どうしたのだ？

……と、原田定七がしきりに問いかけるのへは、こたえようともせず、お菊はがたがたとふるえはじめた。

（あいつ、何気ないふうにあたしのはなしをきいていたが……そうか畜生……）

五

その翌朝。原田定七とお菊は〔ひしや〕を出た。

小林伊織は、いまだに阿部川町の浪宅に住んでいるという。

伊織をたずね、お菊の口からすべてを語ってもらい、

「おれの身のあかしをたてる」

つもりの原田定七であった。

上野から、浅草・阿部川町までは、いまの時間にして三十分もかからぬ。

「およしなさいよう、あぶないから、およしよう」

道々、お菊は何度も定七をとめた。

「あぶないことはない。お前があかしをたててくれるのだから、伊織さまにわかってもらえぬ筈はない」

定七は確信をもっていた。

「身のあかしをたてぬことには……おれが伊織さまのかたきになってしまうではないか」

もっともなことではある。

上野から浅草へ通ずる新寺町の大通りを、唯念寺の東側へまがり、二人は阿部川町へ向った。

道の両側は寺院の大屋根がびっしりとたちならんでいる。

「大丈夫だ。伊織さまは、はなしのわかるお方だから……」

お菊をはげましつつ、定七は地蔵院という寺の角を東へまがった。

この道をまっすぐ行けば、阿部川町の小林伊織の浪宅のすぐうしろへ出る。

と……。

その地蔵院の北門から通りへ出ようとした浪人が、眼前を通りかかる定七とお菊を見とめ、はっとなった。

小林伊織である。

地蔵院は、叔父・中根左内家の菩提寺《ぼだいじ》であって、伊織もかねてから親しく出入りをし、この寺の僧で秀誉《しゅうよ》というものとは仲のよい碁がたきであった。

で……この日の前夜も、伊織は地蔵院をおとずれ、秀誉坊の部屋で碁をうち、酒をくみかわし、そのまま泊りこんでしまったのだ。

このごろの伊織は、毎日のように、ただ何となくぶらぶらと暮しているにすぎない。

しかし、目の前に原田定七を見かけたときには、さすが〔なまけ者〕の伊織の全身へもかっと血がのぼり、

（定七め。ようもぬけぬけと女なぞをつれてこのあたりを……）

うかうかしていれば、剣術に長じた原田定七を討ちそこねてしまいかねない。

とっさに小林伊織は大刀を抜きはらい、地蔵院北門から路上へ躍り出した。

同じ道を歩いていた定七も、すぐにこれを見かけ、

「あっ……伊織さま」

叫んだ。

が、寸秒おそかった。

死物狂いの伊織の一刀は、定七の脳天へ撃ちこまれていた。

「ぎゃあっ……」

定七は向う側の長遠寺の土塀《どべい》へ、どしんとぶつかり、必死に両手を差しのべ、
何か叫んだが、これへ伊織が体当たりするようにして、刃を突込んだ。

「うわ、わ、わわ……」

ふかぶかと腹を刺され、原田定七は血飛沫《ちしぶき》をあげて転倒する。

お菊は腰をぬかしてしまい、すぐに失神してしまった。

倒れて、何かいいたげに口をぱくぱくうごかしていた定七も、すぐに息絶えた。

人だかりがしはじめた。

伊織はもう
「兄のかたきを討った」

と思いこんでいるから少しも悪びれることもない。

堂々として、近くの自身番所へとどけて出た。

役人が出張《でば》り、お菊も取調べをうけることになった。

ここで、はじめて、伊織はお菊の口から〔真相〕をうちあけられたのである。

しかし、伊織に〔おとがめ〕はなかった。

死んだ兄の庄之助が、たとえ勘ちがいにせよ、

「自分を斬ったのは原田定七である」

と、いいのこしているのだから、伊織がこれを信ずるのは、

「むりなきことである」

のであって、さらに、そもそもの原因は、定七が主人の家へ女を連れ込み、密会したことで、これは、まことにけしからぬふるまいなのだから、定七がみずからまいた種である……ま、こうした判決が下ったようだ。

この事件があってから……。

小林伊織の主家・仙石越前守の人びとは、

「かんじんのかたき、大場勘四郎を見つけ出すこともできぬうちに、家来の不祥

事にかかわり合い、つまらぬ殺し合いをするとは何事であろうか」

などといい出すし、江戸藩邸にいる叔父の中根左内もだんだん肩身がせまくなってきたらしい。

こうなると小林伊織も、

「ああ、もう何もかもめんどうになってしまった。このおれもばかだが、死んだ兄も大ばかだよ」

と、地蔵院の秀誉坊へ、自暴自棄なことばをもらしていたが、そのうち、ふっと江戸から姿を消してしまった。

かたき、大場勘四郎の行方《ゆくえ》は、その後も知れていない。

そして仙石家へ小林伊織が復帰した様子もない。

ということは、ついに伊織、大場の首を討てなかったのであろう。

いや、もう討つ気がなくなってしまったのであろうか……。

原田定七が死んで十二年目の文政三年の秋のことであったが……。

仙石家の国もと、但馬出石から公用で江戸藩邸へやって来た近藤忠三郎という藩士が、用事をすませ、ふたたび出石城下へ戻ってから、親交のあった宮尾利左衛門という藩士に、次のようなことを語った。

「帰りにな、東海道の嶋田《しまだ》の宿《しゅく》の、かぶと屋という旅籠《はたご》に泊り、翌朝、出立の仕度をしながら何気なく二階の窓から下の道をながめているとな……そこへ、宿場に住む町人体の男が、赤子を抱いた女房ふうの女と共に通りかかり、折しも店先に出ていた旅籠の番頭と何やら親しげに語り合い、すぐ去って行ったのだが……その町人、どう見ても、ほれ、敵を討ちそこねた小林兄弟の、弟のほうの伊織な、小林伊織そっくりなのだ。出て行ってよびとめようとも思ったが、ま、そっとしておいてやるがよいと、こう思い直してのう。だから、このことは他言無用。よいな」

その伊織らしい町人によりそって、赤子を抱いていた女房というのが、あの〔三沢や〕のお菊であったら……と想像してみることは、たのしいことである。

初出誌

鬼火　『増刊推理ストーリー』昭和40年5／15日号
首　『推理ストーリー』昭和40年11月号
寝返り寅松　〃　昭和41年4月号
舞台うらの男　〃　昭和41年12月号
熊田十兵衛の仇討ち　〃　昭和42年5月号
仇討ち狂い　〃　昭和43年7月号

本作は二〇一三年一〇月、小社より刊行された同名作品の新装版です。また、作中には、今日の観点からみると差別的表現ととられる乞食坊主という言葉が使われておりますが、作品自体には差別を助長し、肯定する意図はなく、作品自体の持つ文学性と芸術性、また著者がすでに故人であるという事情に鑑み、原文どおりとさせていただきました。何卒ご理解のほど、よろしくお願い申しあげます。

（編集部）

双葉文庫

い-22-07

熊田《くまだ》十兵衛《じゅうべえ》の仇討《あだう》ち〈新装版〉

本懐編《ほんかいへん》

2025年2月15日　第1刷発行

【著者】

池波正太郎《いけなみしょうたろう》

【発行者】

箕浦克史

【発行所】

株式会社双葉社

〒162-8540 東京都新宿区東五軒町3番28号

［電話］03-5261-4818（営業部）　03-5261-4831（編集部）

www.futabasha.co.jp（双葉社の書籍・コミックが買えます）

【印刷所】

大日本印刷株式会社

【製本所】

大日本印刷株式会社

【カバー印刷】

株式会社久栄社

【フォーマット・デザイン】

日下潤一

ISBN978-4-575-67233-6 C0193

Printed in Japan